KB177051

신화 속 인생, 인생 속 신화

신화 속 인생, 인생 속 신화

신화가 우리에게 가르쳐주는 것들

초판 1쇄 인쇄 2007년 12월 20일
초판 1쇄 발행 2007년 12월 26일

지은이 이영임
펴낸이 정차임
디자인 디자인 플랫
펴낸곳 도서출판 열대림
출판등록 2003년 6월 4일 제313-2003-202호
주소 서울시 마포구 동교동 156-2 마젤란 503호
전화 332-1212
팩스 332-2111
이메일 yoldaerim@korea.com

ISBN 978-89-90989-30-7 03800

* 잘못된 책은 바꿔드립니다.
* 값은 뒤표지에 있습니다.

신화 속 인생,
인생 속 신화

신화가 우리에게 가르쳐주는 것들

이영임 지음

| 들어가며 |

신화, 인간을 비추는 거울

삶은 알 수 없는 신비로 가득하다. 무어라 설명하기 힘든 그 오묘한 현상을 어떻게든 해명해 보려는 옛 사람들의 노력은 수천 년에 걸쳐 신화로 다듬어졌다. 그러나 파악하기 힘든 삶의 진실을 어렵사리 깨달았다고 해도 그것을 표현하고 전하는 것 또한 쉬운 일은 아니었으므로, 신화의 이야기꾼들은 상상력을 최대한 발휘하고 감각적 연상(association)을 최고로 동원하는 온갖 비유법을 이야기 속으로 끌어들이게 되었다.

그렇게 해서 태어난 신화는 사람을 매혹하는 힘이 있다. 무슨 뜻인지 분명히 모르겠는 경우에조차 신화가 펼쳐 보이는 이미지는 사람의 내면을 향해 말을 걸어오고 영혼의 중요한 부분을 건드린다.

영웅의 칼이, 올올이 뱀으로 된 머리카락을 가진 여인의 목을 내리치자 그 몸통에서 분수처럼 피가 뿜어져 나오며 눈부신 날개가 달린

천마가 날아오르고, 이어서 손에 황금 검을 든 용사가 튀어나온다. 그 의미가 무엇인지를 생각해 보기도 전에 오싹 소름부터 끼치고 날개 달린 말의 광휘에 눈앞이 몽롱해지지 않는가? 이 신화적인 말은 높은 산 꼭대기를 발굽으로 차 샘물을 솟아나게 하고, 그 물을 마신 이들은 시적 영감을 얻으며, 천마는 영웅을 태우고 하늘로 날아오른다.

그런데 우리의 영혼을 사로잡는 이 페가소스의 이미지가 바로 '승화된 욕망'을 나타낸다는 것을 알기까지는 꽤 시간이 걸린다. 그 아버지는 거친 바다의 신 포세이돈이고, 어머니는 지혜의 여신 아테나의 사제였던 메두사이며, 벌을 받아 괴물이 된 메두사의 목을 베고 천마를 날아오르게 한 이가 욕심 없는 영웅 페르세우스라는 사실까지를 연결하여 종합적인 분석을 해야 도출되는 의미이기 때문이다.

그러니까 신화가 주는 매혹과 그 메시지의 인식 사이에는 분명 거리가 있다. 대부분의 사람들은 페가소스의 상징적인 의미가 '승화된 욕망'이라는 것을 미처 알지 못하지만, 그럼에도 불구하고 매혹된다는 것은 무의식적으로 그 뜻하는 바를 느낀다는 이야기이다. 이것이 바로 신화가 작동하는 방식이다.

세이레네스의 예를 하나 더 들어보자. 후대로 내려와서는 인어의 형상으로 묘사되는 이 상상의 존재들이 발휘하는 매혹의 힘은 어디에서 오는 것일까? 다리 대신 붙어 있는 그녀들의 물고기 하체일까, 아니면

그녀들이 대변하는 원초적 본능의 세계, 물의 이미지일까? 아폴론의 아들 오르페우스의 노래가 그들의 유혹을 물리치는 힘을 지니는 이유는 또 무엇일까?

그리스 신화는 보면 볼수록 그 정교함에 놀라게 된다. 이 책에서는 그 다양한 이야기들 속에 어떤 인물이나 사건이 '왜' 꼭 그렇게 그려져야 했을까를 설명해 보려고 애썼다. 신화가 삶을 움직이는 다양한 힘들을 의인화해 알레고리로 그려낸 이상 그들의 연관관계와 작용하는 이치를 알게 되면 그 힘들 사이에서 어떻게 균형을 잡고 살아갈지를 생각해 볼 수 있을 것이기 때문이다.

신화는 미처 몰랐던 인생의 복잡한 진실을 깨닫게 해주고, 인간이 살면서 어느 시점에 어떤 돌부리에 걸려 넘어지는가를 적나라하게 보여준다. 탄생과 성장, 사랑과 이별, 기다림, 배신, 복수, 욕망에 눈먼 인간의 어리석음, 시간 앞에서 느끼는 당혹, 피할 수 없이 다가오는 죽음, 영웅의 모험과 그의 영광 뒤에 따라오는 자만과 몰락이 그려져 있을 뿐만 아니라, 그 벌어지는 일들의 인과관계에 대한 통찰 또한 숨겨져 있다. 그리고 우리네 고달픈 인생사에서 고귀함과 비천함이 어디에서 갈리는가를 보여준다.

그리스 로마 신화는 물론이고 동양과 세계 각국의 신화가 광범위하게 읽히고 사랑받는 놀라운 현상이 지속되고 있다. 디지털 기술의 발

달로 그래픽과 시뮬레이션의 활용이 용이해진 탓도 있겠지만 영화, 소설, 뮤지컬, 애니메이션, 컴퓨터 게임 등 문화산업 전반에서 '판타지'라는 장르는 이미 이 시대의 문화를 담아내는 중요한 그릇이 되었고, 신화는 그 핵심 내용을 제공하고 있다.

신화가 차용되어 교육과 오락의 두 가지 기능을 모두 갖춘 수준 높은 문화상품으로 다시 태어난 예를 우리는 이미 「스타워즈」, 「반지의 제왕」, 「매트릭스」를 비롯한 수많은 성공작들에서 보고 있지 않은가. 고대인들에게는 신화가 곧 과학이자 종교요, 교육 수단이자 오락이었으며, 예술이자 곧 현실이었으니 지식의 통섭이 강조되고 있는 오늘날 신화는 현실과 유기적으로 통하는 지식의 의미 있는 활용 모델을 제시하고 있다고 생각된다. 이 책의 내용이 이러한 신화의 활용에도 도움이 되었으면 하는 바람이다.

신화 칼럼으로 2년 간 잡지에 실었던 글들을 다시 다듬고 보완하여 책으로 내도록 권유하고 지원해 주신 열대림의 정차임 사장님께 마음 깊이 감사드린다.

2007년 11월

이영임

차례

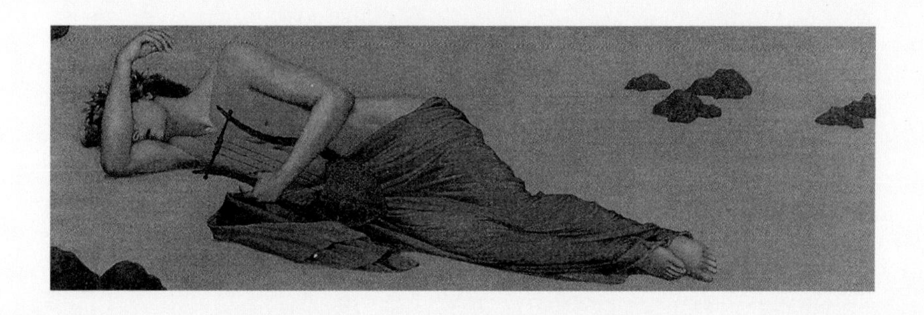

2 사랑의 스펙트럼

3 욕망의 시작과 끝

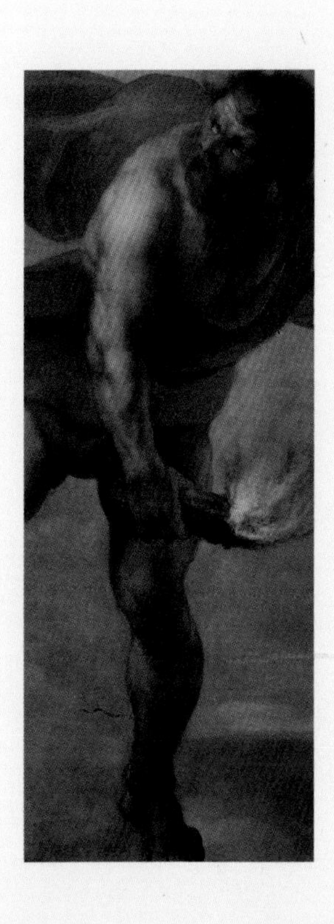

5 모험은 나의 길

1 천상의 예술가들

앞 그림 | 귀스타브 모로의 「에우뤼디케의 무덤 앞에 선 오르페우스」

노래는 나의 힘,
오르페우스

뱃사람들이여, 유혹을 이겨내라

그의 노래를 들으면, 그가 뜯는 리라 소리를 듣고 있노라면, 사람들은 물론이고 신이나 초자연적인 존재들조차 넋을 잃곤 한다. 천상의 예술가 오르페우스 이야기이다. 노래는 음악과 노랫말로 이루어지는 것이니, 굳이 오늘날의 개념으로 구분하자면 오르페우스는 음악가와 시인을 겸하고 있는 셈이다. 천지를 감동시키는 그 노래의 힘은 어디에서 오는 것이며, 그런 힘을 가지고 있는 오르페우스는 어떤 삶을 살았을까.

온갖 동물들, 나무와 꽃과 풀, 바위와 산과 강물까지도 노래의 힘으로 사로잡았다는 오르페우스는 그 재능에 걸맞게 출생 또한 예사롭지 않다. 예술의 수호신이자 음악의 신인 아폴론과 무사이 여신 중 하나

숲에서 노래하는 오르페우스 주위에 야생동물들이 모여들어 귀 기울이고 있다. 프랑수아 부셰의 그림

인 칼리오페 사이의 아들이라는 설도 있고, 다른 한편으로는 아폴론의 제자로서 음악과 함께 이 예술의 수호신의 리라를 물려받은 인물이라고도 전해진다.

오르페우스가 어떤 유형의 예술가였는가를 단적으로 드러내는 에피소드가, 황금 양털을 찾아 떠나는 아르고 원정대의 이야기 속에 포함되어 있다. 그 부분을 잠깐 짚고 넘어가기로 하자. 오르페우스는 아르고 원정대의 일원으로 헤라클레스, 테세우스, 이아손 같은 영웅들과 함께 항해하던 중 애끓는 노래로 부근을 지나는 뱃사람들을 홀려 가까이 오면 찢어죽이는 세이레네스들을 만나게 된다.

멀리서 세이레네스들의 유혹적인 노래가 들려오기 시작하자 오르페우스는 리라를 잡고 자신의 노래를 부르기 시작했다. 아르고선에 탔던 용사들은 세이레네스들이 부르는 유혹의 노래와 그에 맞서 부르는 오르페우스의 밝고도 맑은, 사람들로 하여금 올바른 정신을 차리도록 일깨우는 노래를 함께 들으며 배를 몰아 무사히 세이레네스들의 섬을 통과해 지나게 된다. 사람의 감정을 속되게 자극하는 사특한 노래에 맞서 정신을 일깨우는 명징한 노래의 힘으로 물리쳤던 것이다.

아름다운 선율로 저승을 감동시키다

중요한 것은 오르페우스의 노래가 어떻게 해서 신과 인간은 말할 것도 없고 동물, 식물, 광물, 심지어 초자연적인 존재나 악령들에게까지 영향을 미칠 수 있는가, 그러한 작용의 원인이 무엇인가 하는 점이다. 이는 그의 내력과 연관이 있다. 오르페우스의 아버지, 혹은 스승이라고 하는 아폴론이 어떤 신이던가. '예지'를 본질로 하는 아폴론의 신성은 사물의 이치와 원리로서의 로고스(logos)에 곧바로 닿는 힘이다. 겉으로 드러나지 않는 본질을 꿰뚫어보고 통찰하는 힘 그 자체이기 때문에 점치고, 치료하고, 밝히고, 예술을 할 수 있는 것이다.

예술이란 삶과 삼라만상에 깃들어 있는, 일반 사람들이 미처 깨닫고 파악하지 못한 부분들을 명확히 들여다보고 그것을 나름의 형식을 통해 다른 사람들에게 전달하는 기술이다. 진정한 예술이 엄청난 힘을 발휘하는 것은 그것이 우주 전체의 진실을 표현하고 있기 때문이다. 아폴론의 아들로서 오르페우스는 이 능력을 물려받았다. 우주의 진실은 곧 생명의 진실이기도 하기 때문에 신이든, 인간이든, 악령이든, 우주를 구성하고 거기에 포함된 존재치고 그 존재의 본질을 이야기하고 노래 부르는 데 영향을 받지 않을 수 없다는 인과관계가 이 신화에 배경으로 깔려 있다.

음악과 시의 높고 맑음은 그것을 지어내는 사람의 성정을 드러낸다. 그러나 이 맑고 높은 성정을 지닌 오르페우스의 속세에서의 운명은 대단히 비극적인 양상을 드러내며 그 주인공을 한 치 앞도 내다보기 힘든 변화무쌍한 삶의 격랑 속으로, 칠흑의 어둠 속으로 몰아간다.

아르고선의 항해에서 돌아온 오르페우스는 나무의 요정 에우뤼디케와 결혼했다. 그러나 신혼의 달콤한 생활은 열흘도 채 안되어 비극으로 끝나게 된다. 사랑하는 아내를 잃은 것이다. 친구들과 올륌포스 산 기슭의 템페 계곡으로 소풍 나갔던 에우뤼디케가 거기서 양과 꿀벌을 치던 아리스타이오스의 눈에 띄게 되고, 그녀를 처녀로 알고 뒤쫓아오는 아리스타이오스를 피해 달아나다가 풀숲에 있던 독사를 밟고 발뒤꿈치를 물려 죽고 만다.

갑자기 찾아온 불행에 밤낮을 슬픔에 잠겨 지내던 오르페우스는 마침내 마음을 굳히고 저승길로 아내를 찾아나선다. 그는 아내 잃은 자신의 슬픔을 노래로 불러 대지의 여신 데메테르를 감동시켜서 저승으로 통하는 길을 알아냈다. 데메테르는 하데스가 그녀의 딸 페르세포네를 납치해 가는 바람에 울며불며 온 천지를 찾아 헤맨 적이 있기 때문에 아내를 죽음의 영역으로 보낸 오르페우스의 애타는 심정을 능히 짐

저승의 뱃사공 카론. 그는 오르페우스의 노래에 감동해 저승으로 배를 태워 건네준다.

오르페우스와 에우뤼디케. 자코포 델 셀라요의 그림

작할 수 있었던 것이다. 오르페우스는 역시 노래를 불러서 산 사람은 건널 수 없는 비탄의 강, 불의 강, 망각의 강을 건넜으며, 그 노래로 저승 문을 지키는 무서운 개 케르베로스를 달래어 저승의 왕 하데스와 그 아내 페르세포네 앞에 섰다.

오르페우스는 그들에게 에우뤼디케를 돌려달라고 간청했다. 아내를 데리고 돌아갈 수 없다면 자기도 저승에 머물게 해달라고 애원했다. 그가 수금을 뜯으며 노래하자 하데스와 페르세포네는 물론이고 저승의 모든 영혼들은 넋을 잃었다. 영원한 갈증에 시달리던 탄탈로스도 오르페우스의 노래를 듣는 순간만큼은 갈증을 잊었고, 끝없이 바위를 굴려 올리던 시쉬포스도 굴리던 바위가 노래에 홀려 멈춰서는 바람에

숨을 돌리고 노래에 귀기울일 수 있었다.

그의 노래는 죽음의 나라를 다스리는 하데스의 마음까지도 움직여 에우뤼디케의 영혼을 데리고 이승으로 돌아가도 좋다는 허락을 받기에 이른다. 하지만 조건이 있었다. 이승의 햇빛 속으로 나가기까지는 절대로 뒤를 돌아보면 안된다는 것이었다.

오르페우스는 조건을 지키겠다고 맹세하고는 에우뤼디케의 손을 잡고 부지런히 왔던 길을 되돌아 나왔다.

부활한 자가 전하는 삶과 죽음

그러나 어느 신화, 어느 전설에 '이것만은 절대로' 라고 명시된 금기가 깨지지 않은 적이 있던가. 조심조심 가파른 길을 되짚어 오르며 아

저승으로 간 오르페우스. 얀 브뤼겔의 그림

내가 잘 따라오고 있는지 살피며 걷던 오르페우스는 지상에 이르러 컴컴한 동굴에서 햇빛 속으로 발을 내딛는 순간 그만 결정적인 실수를 하고 만다.

'잘 따라왔지?' 하고 안도의 숨을 쉬며 돌아보는 순간 미처 햇빛 속으로 나서지 못한 에우뤼디케의 영혼은 다시 캄캄한 어둠 속으로 떨어져버리고 말았다.

천신만고 끝에 구해내 온 아내를 바로 눈앞에서 다시 잃은 오르페우스는 넋놓고 동굴 앞에 주저앉아 있다가 다시 정신을 차려 저승길을 뒤쫓아 내려갔다. 하지만 이제는 어느 곳에서도 그를 통과시켜 주지 않았다. 하는 수 없이 지상으로 돌아온 오르페우스는 고통과 슬픔에 잠겨 지내다가 동굴로 들어가 세상과 인연을 끊고 일곱 달 동안을 그 안에서 지냈다.

오르페우스가 저승에서 구해오지만 금기를 어겨 다시 끌려들어가는 에우뤼디케

에우뤼디케를 잃고 슬픔에 잠겨 있는 오르페우스. 알렉상드르 세옹의 그림

오르페우스가 마침내 다시 동굴에서 나왔을 때 트라키아 사람들은 그를 '부활한 자'라고 불렀다. 그는 달라져 있었고, 그런 그의 주위로 청년들이 모여들기 시작했다. 그는 젊은이들에게 삶과 죽음의 세계, 생명의 나고 죽는 이치를 노래로 가르쳤으며 금욕과 절제를 가르쳤다. 고통의 원인인 집착과 욕망을 다스리는 법을 가르쳤던 것이다.

이제 오르페우스를 따르는 자들에게 인간의 육체란 그저 영혼이 잠시 머물다 가는 거푸집에 지나지 않았다. 생명이 다하면 영혼은 육체를 떠나 저승으로 내려갔다가 다시 다른 몸을 받아 태어난다고 믿었으니, 허망한 껍질에 불과한 이성(異性)의 육체를 탐하는 것은 부질없다 했다. 또한 생명의 이치를 알게 되었기 때문에 고기를 입에 대지 않았다. 비교(秘敎)집단이 형성되었던 것이다. 이 교리를 따르는 자들을 사람들은 오르페우스 교도라 불렀고, 이 비교는 후대로 상당히 오랫동안 전승되었다.

복잡하게 얽힌 오르페우스의 운명을 이해하려면 역설의 논리를 보는 눈이 있어야 한다. 다하지 못하고 잃어버린 사랑에 죽을 듯 고통스러워하면서 산 사람은 갈 수 없는 저승길을 두 번씩이나 오르내렸던 사람이 어느 날 갑자기 금욕을 가르치게 되다니 언뜻 보면 모순이요 납득이 가지 않는 이야기처럼 들릴지도 모른다. 그러나 그 안에는 인과의 필연이 들어 있다.

에우뤼디케에 대한 지극한 사랑이 오르페우스로 하여금 죽음의 경계를 넘게 하고 절망을 체험케 했다면, 기막히게도 바로 그 죽음과 절망이 그에게 고통의 본질과 생명의 이치를 깨닫게 해주었던 것이다. 캄캄한 어둠을 배경으로 해서야 빛은 그 광휘를 드러내고, 죽음과 절망을 뚫고서야 지극한 노래가 나오는 이치를 그리스 사람들은 가인(歌人) 오르페우스의 운명에 빗대어 이야기한 것이다.

아폴론적 예지 vs 디오뉘소스적 쾌락

이 기막힌 역설은 오르페우스의 죽음에도 짙게 드리워져 있다. 그의 정신이 삶의 현상을 꿰뚫고 종교의 핵심으로 파고들수록, 청년들은 앞다투어 그에게 모여들었다. 그리고 이들이 금욕과 절제를 실천할수록, 오르페우스에 대한 세간의 원성도 높아갔다. 특히 젊은 처녀들은 오르페우스가 자신들에게 눈길 한번 주는 일 없었으면서 이제는 자신들의 신랑감마저 빼앗아간다고 원망하고 미워했다.

삶은 그 자체로는, 즉 나고 자라고 열매 맺고 죽는 그 역동적 운행 자

디오뉘소스 축제. 모아세스 반 우이텐브루크의 그림

체로는 디오뉘소스 신의 영역이다. 그리고 굳이 말하자면 삶은 그 자체로 하나의 거대한 도취이자 쾌락이다. 이보다 더한 도취가 세상에 있는가? 디오뉘소스적 에너지는 이 생명 운행의 원리에 충실하다. 그래서 그 에너지의 발현은 도취적이고 쾌락적이며, 그 안에는 사랑과 죽음, 질투와 광기, 폭력과 잔인함, 고통과 슬픔이 고스란히 녹아 있다.

서양 문화사를 연구하는 사람들은 서양 문화의 두 기둥을 '아폴론적인 것'과 '디오뉘소스적인 것'으로 지명한다. 후자를 어쩔 수 없이 그 안에 몸담고 살아야 하는 생명의 조건으로 받아들이기 때문에 고대 그리스의 가장 중요한 의식과 제사는 바로 다산과 풍요를 기원하던 디오뉘소스 축제에서 이루어졌다. 서양 예술의 기원을 살펴볼 때, 춤추고 노래하고 시를 읊고 연극을 하던 모든 행사는 디오뉘소스 축제와 관련되어 있다. 그러나 그 모든 예술의 수호신이 디오뉘소스의 정 반대편에 서 있는 아폴론이라는 것을 생각하면 참으로 역설적이라 하지 않을 수 없다. 그러나 어쩌랴. 디오뉘소스의 쾌락과 도취는 그 반대 극으로서의 정관적(靜觀的) 예지를 통해서라야 비로소 온전함에 이를 수 있는 것을.

삶은 그 삶의 본질을 꿰뚫어보는 예지를 통하지 않고는 그것이 무엇인지를 결코 알 수 없다는 맹점을 안고 있고, 반대로 예지는 그 통찰하는 힘만으로는 결코 살아 있는 무엇을 만들어낼 수 없다는 불모성을 약점으로 안고 있다. 때문에 생명의 역동적 운행의 장에 발을 들여놓고 그것을 사랑하고 끌어안지 않고서는 아폴론적 예지 또한 아무것도 거둘 것이 없다. 참으로 무서운 진실이다.

예술가, 그들이 가는 길

오르페우스라는 예술가는 아폴론적인 예지를 가지고 삶 속으로 들어와 그것을 끌어안았고, 거기에 도취되고 고통받았으며, 그 체험을 예지로 걸러 파악하고, 파악한 것을 가르쳤다. 동굴에서 나온 오르페우스를 사람들이 '부활한 자', '취하지 않는 디오뉘소스'라 불렀던 것은 이러한 이유에서이다. 그는 이제 디오뉘소스의 영역에 몸담고 있어도 그 힘에 휘둘리거나 취하지 않는다. 어쩌면 이것이 진정 디오뉘소스 신이 인간에게 바라는 궁극의 상태일지도 모른다.

그러나 삶의 광기에 사로잡혀 맹목적으로 그것을 좇는, 아직 깨어나지 못한 무리들에게 그들이 지향하는 쾌락의 원리에 대항하는 법을 가르치는 오르페우스는 과연 어떤 존재로 남을까? 인간에게 복된 것을 가르치고도 그 손에 희생되는 고귀한 존재들이 인류사에 어디 한두 명이던가. 예수를 십자가에 매달고 소크라테스에게 독배를 안기는 사람들을 떠올려 보라. 오르페우스도 그러한 운명에서 벗어나지 못한다.

오르페우스를 죽이려고 몰려든 여인들. 에밀 레비의 그림

디오뉘소스 축제 때의 일이었다. '디오뉘소스 오르기아(비밀축제의 질탕한 술잔치)' 에서 술에 취한 한 무리의 처녀들이 산을 내려오다 강가에 홀로 앉아 노래를 부르고 있는 오르페우스를 보았다. 처녀들은 노래에 매혹되어 그의 시선을 끌어보려 했지만 뜻대로 되지 않자 그 동안 그에게 쌓였던 분노를 폭발시켰다. 제각기 가슴 속에 응어리져 있던 원망을 토해내며 그에게 창과 돌을 던졌다.

그것들은 처음엔 그의 노래에 맞고 도로 튕겨져 나와 처녀들의 발치에 떨어졌다. 그 옛날 세이레네스의 노래가 맞받아 부르는 오르페우스

오르페우스의 시신을 수습하는 트라키아의 처녀. 귀스타브 모로의 그림

노래의 힘에 막혀 아르고선 용사들에게 영향을 미치지 못했던 것처럼.

그러나 맑게 울리던 그의 노래 소리가 울부짖으며 아우성치는 여인들의 소리에 묻혀 잘 들리지 않게 되자 한 처녀가 달려들어 리라를 낚아챘고, 다른 처녀는 창을 들어 오르페우스의 몸을 사정없이 찔렀다. 마침내 여인들은 오르페우스를 물고 뜯고 찢어 죽여 리라와 함께 강물 속에 처넣고 돌아가 버렸다.

사람들이 그 시신을 수습하여 장사 지낼 때 수금은 아폴론의 신전에 묻고 시신은 디오뉘소스의 신전에 묻었다는 이야기는 무심히 들리지 않는다. 생성과 소멸, 도취와 광기의 디오뉘소스 영역에 몸을 담그고 정신으로는 불어도 꺼지지 않는 아폴론의 빛을 찾는 것이 예술가의 숙명임을 암시하는 대목이라는 생각이 들기 때문이다.

협상의 달인, 헤르메스

기지와 꾀가 넘치는 전령

눈치 빠르고, 도둑질 잘하고, 거짓말 잘하며, 온갖 사기에 능한가 하면, 한편으로는 그렇기 때문에 중재하기 힘든 일을 거뜬하게 조정해 내고, 신이나 인간의 온갖 일에 약방의 감초처럼 끼어들어 작용하는 신이 있으니 그가 바로 올림포스의 12신 가운데 하나인 헤르메스이다.

제우스의 전령 역할을 맡고 있는 헤르메스는 두 마리 뱀이 대칭으로 감고 있는 전령신의 지팡이 카드케우스를 들고, 머리에는 날개 달린 챙 있는 모자를 쓰고 있으며, 발에는 날개 달린 샌들을 신은 날렵한 모습으로 그려진다. 빠른 속도를 자랑하는 전령신으로서의 헤르메스의 특징을 고대인들은 날개라는 상징을 빌려 표현했던 것이다.

정보통신 기술이 인류의 삶의 양식을 바꾸고 그로 인해 지구촌이 하나로 묶이고 있지만 정치, 경제, 사회, 문화 모든 면에서 조정하고 해결해야 할 대립과 갈등이 산재한 오늘날, 많은 것을 생각하게 하는 신이 바로 이 헤르메스이다.

신들의 전령이자 여행자, 상인, 도둑들의 신 헤르메스. 날개 달린 모자와 신발을 신고 바람의 숨결을 딛고 있으며, 전령신의 지팡이를 들고 있다. 잠볼로냐의 청동 조각상

서로 대립되는 이해관계를 균형 있게 조정해 내는 탁월한 솜씨 때문에 헤르메스는 상인들이 중요하게 모시는 상업의 신이었고, 전령으로서 끊임없이 길 위에 있어야 하는 특성상 온갖 길에 훤하기 때문에 여행자들이 각별히 모시던 여행의 수호신이었다. 그런 까닭에 고대의 유적들 가운데는 십자로의 돌무더기나 기둥 위에 헤르메스의 상체를 깎아 세운 이정표들이 많았다. 길을 잘 아는 헤르메스가 옳은 길을 찾도록 인도해 줄 뿐만 아니라, 헤르메스 특유의 기지와 꾀를 빌림으로써 여행길에서 겪게 되는 온갖 위험으로부터 보호해 주기를 바라는 사람들의 마음이 그렇게 표현된 것일 터이다. 이 돌무더기나 기둥들을 사람들은 '헤르메이아'라 불렀다.

길 안내자로서의 헤르메스의 역할은 거기서 그치지 않았다. 제우스의 전령에게는 시간과 공간의 경계가 자유롭게 열려 있어 이승과 저승, 꿈과 현실을 마음대로 오갈 수 있었다. 옛 그림에는 죽은 사람을 저승으로 안내하는 데, 그리고 드문 일이기는 해도 누군가를 저승에서

헤르메스와 아폴론. 구름 위에 올림포스의 신들과 거대한 낫을 든 시간의 신 크로노스도 보인다.
프란체스코 알바니의 그림

이승으로 데리고 나오는 데 헤르메스가 길 안내자로 함께 그려져 있는 것을 종종 볼 수 있다. 또한 그가 들고 다니는 지팡이 카드케우스는 제우스의 뜻을 전하러 잠자는 사람의 꿈속으로 들어가고 나오는 데에도 쓰이는 전령신의 유용한 도구였다.

거짓말과 도둑질에 능한 신

헤르메스는 제우스가 요정 마이아를 사랑하여 낳은 아들이다. 밤이면 아르카디아 남쪽의 퀴레네 산 동굴로 찾아드는 제우스의 연애행각을 호메로스는 그의 「헤르메스에게 바치는 찬가」에서 이렇게 묘사하고 있다.

> 밤 깊어 헤라의 흰 팔 달콤한 졸음에 잠겨 잠자리에 놓이면,
> 아름다운 고수머리 마이아의 잠자리로 남몰래 찾아드는 제우스.

그리고 이 사랑의 결실로 태어난 제우스의 아들에 대해 다시 이렇게 읊고 있다.

> 때가 되어 마이아 아들을 낳았으니, 영리하고 교활한 강도이자
> 목동들과 꿈을 인도하는 자, 밤의 파수꾼이요 문가에 선 도둑이라.
> 그가 곧 신들 사이에서 놀라운 일들을 행하리라.

퀴레네 산의 동굴에서 태어난 헤르메스는 신의 자식들이 흔히 그렇

듯 놀라운 조숙함을 보인다. 강보에 싸여 있던 아기는 홀로 몰래 동굴을 빠져나와 멀리 테살리아까지 가서 그곳에 유배되어 소떼를 돌보고 있던 이복형 아폴론의 소를 훔쳤다. 이 도둑질이 발각되지 않도록 그는 나무껍질을 벗겨 훔친 소 열두 마리의 발굽에 신기고 꼬리에는 나뭇가지를 빗자루처럼 엮어 매달아 소들이 꼬리를 흔들며 걷는 동안 발자국이 자동적으로 지워지게 했다.

피리를 불어 아르고스를 잠재우는 헤르메스. 뒤에서 암소로 변한 이오가 바라보고 있다. 야콥 반 캄펜의 그림

소들을 퓔로스로 데려간 그는 소 두 마리를 잡아 고기를 긴 꼬치에 끼워 구운 후 그것을 열두 몫으로 똑같이 나누었다. 그런 다음 한 몫은 제가 먹고 나머지 열한 몫은 올륌포스 신들에게 앞앞이 제물로 바쳤고, 다른 소들은 동굴에 숨겨두었다. 그리고 얼른 다시 퀴레네 산으로 돌아왔는데, 그때 마침 동굴 앞을 기어가고 있는 거북이 한 마리가 있었다. 헤르메스는 그것을 잡아 속을 비우고는 그 등껍질에다 소에서 나온 내장을 현으로 늘여 매어 리라를 만들어서는 이리저리 퉁기고 놀았다.

한편 잃어버린 소들을 찾아 퓔로스까지 온 아폴론은 수소문 끝에 어린아이가 소떼를 몰고 가는 것을 보았다는 말을 들었고, 바로 점을 쳐서 도둑이 누구인지를 알아냈다. 불같은 성미의 아폴론은 득달같이 요

헤르메스, 조반니 바티스타 티에폴로의 그림

정 마이아를 찾아가 얼굴을 붉히며 따졌다. 그러자 마이아는 강보에 싸여 있는 헤르메스를 보여주며 어떻게 갓난아기에게 그런 누명을 씌울 수 있느냐고 오히려 발끈 화를 냈다.

아폴론은 할 수 없이 제우스를 불렀다. 헤르메스는 자기가 훔치지 않았다고 주장했지만, '광명'의 밝은 눈으로 정황을 파악한 제우스는 헤르메스에게 훔친 소들을 돌려주라고 명했다. 헤르메스는 퓔로스로 가서 소들을 돌려주지 않을 수 없었다. 그런데 재미있는 것은 그 사이 헤르메스의 리라를 이리저리 유심히 살펴보던 아폴론이 그 새로운 악기를 탐내며 그것을 소들과 바꾸면 어떻겠느냐고 제안한 것이다. 이미 두 마리를 잡아서 먹기도 하고 신들에게 바쳤기 때문에 어떻게 채워놓아야 할지 고민 중이던 헤르메스는 기꺼이 동의했고, 그렇게 해서 리라는 아폴론의 것이 되었다.

그런데 더 재미있는 것은 그 다음 이야기이다. 이렇게 해서 자기 것이 된 소들을 돌보던 헤르메스는 이번에는 목동들의 피리 쉬링스를 만들어 불었다. 그랬더니 아폴론이 그 쉬링스도 탐을 내며 자기가 소칠 때 쓰는 황금 지팡이와 바꾸지 않겠느냐고 했다. 헤르메스는 지팡이만으로는 안되겠고 아폴론이 자기에게 점치는 법을 가르쳐주면 바꾸겠다고 했다. 조건은 받아들여졌다. 그리하여 아폴론의 황금 지팡이는 헤르메스의 상징물인 카드케우스가 되었고, 헤르메스는 아폴론으로부터 작은 돌멩이로 점치는 법을 배웠다.

민첩하고 능란한 중재의 명수

탄생에 얽힌 이 이야기만으로도 독자들은 헤르메스가 그냥 무턱대고 도둑질을 하는 악당이 아니라 상대방의 관심과 이해관계를 정확히 재고 파악하여 자신과 상대 모두에게 이익이 되고 만족스러운 결과를 유도해 내는 민첩성과 능란함을 갖추었음을 보았을 것이다. 제우스는 이 머리 회전 빠른 재간 덩어리 아들의 예사롭지 않은 면을 알아보았고, 헤르메스를 자신의 전령으로 삼아 곁에 두고 온갖 심부름을 시켰다.

또한 흥미롭게도 제우스가 밖에서 낳은 자식치고 헤라의 박해를 받지 않은 자가 없었는데 유독 헤르메스만은 헤라의 분노의 표적이 되지 않고 그녀와 끝까지 좋은 관계를 유지할 수 있었다. 그 까닭을 잘 보여주는 유명한 일화가 있다.

제우스가 구름의 모습으로 이오를 안고 키스하고 있다. 코레조의 그림

제우스가 헤라 신전의 사제였던 이오를 몰래 사랑하다가 갑자기 헤라가 나타나자 급한 김에 얼른 이오를 암소로 변하게 했다. 하지만 그 사실을 이미 알고 있던 헤라는 능청스레 시침을 떼는 제우스에게 압력을 가하며 그 예쁜 암소를 자신에게 선물로 달라고 졸랐다.

입장이 몹시 난처해진 제우스는 하는 수 없이 암소로 변한 이오를 헤라의 손에 넘겼는데, 헤라는 이 암소를 눈이 백 개나 달려 결코 모든 눈을 감고 잠드는 법이 없는 거인 아르고스에게 밤낮으로 엄중히 지키게 했다. 한편 애인을 질투심 많고 암팡진 아내 손에 맡기고 걱정하던 제우스는 헤르메스를 불러 어떻게 하든 이오를 헤라의 손아귀에서 빼내 풀어주라고 지시했다.

헤르메스는 자신의 몸을 보이지 않게 숨기고 아르고스에게 몰래 다

가가 누구라도 잠이 쏟아질 만한 곡조로 쉬링스를 불었다. 그래서 음악에 취한 거인이 백 개의 눈을 모두 감고 잠들자 그 목을 베어버리고 이오를 도망치게 했다. 그런데 문제는 제우스의 명령은 완수했지만 그 모든 사실이 드러난 후 자신에게 닥칠 헤라의 분노를 어떻게 감당하느냐 하는 점이었다.

헤르메스는 궁리 끝에 죽은 아르고스의 눈 백 개를 모두 떼어서 헤라의 신조(神鳥)인 공작새의 꼬리에 붙여 화려하게 장식해 주었다. 공작새 꼬리에 드러나는 무늬는 이렇게 해서 생겨난 것이라고 한다. 헤라로서는 헤르메스가 아르고스를 죽이고 이오를 풀어준 것은 정말 화가 치미는 일이었지만, 자기가 저지른 짓을 보상하겠다고 이런 기특한 행동을 하는 헤르메스를 마냥 미워할 수만은 없었던 것이다.

아르고스의 목을 베고 있는 헤르메스. 루벤스의 그림

연금술사들의 수호신

이런 재기발랄한 교활함과 실용적인 지성, 새로운 것을 발명하는 재주, 자기 모습을 보이지 않게 하는 능력, 대립되는 것들을 중재하는 힘은 헬레니즘 시대에 들어서면서 헤르메스 특유의 것으로 평가되는 그노시스적 지혜, 즉 탁월한 비의적 지식의 발전으로 연결되었고, 헤르메스는 고대 말기에서 중세로 이어지는 시기에 활발한 활동을 펼쳤던 연금술사들의 수호신이 되었다.

세계적 종교학자이며 신화학자인 미르치아 엘리아데(Mircea Eliade)는 헤르메스가 어둠 속에서도 길을 잃지 않고, 죽은 자를 인도하고, 전

헤르메스에 의해 죽음을 당한 아르고스의 눈을 자신의 공작 깃털에 달고 있는 헤라 여신. 루벤스의 그림

광석화처럼 빠르게 움직이고, 자신의 모습을 자유자재로 감추거나 드러나게 하는 능력이 결국 '정신'의 특성을 반영하는 것이라고 보았다.

헤르메스는 고대 종교의 위기 이후에도 그 힘을 잃지 않고 기독교가 승리를 거둔 후에도 소멸되지 않은, 몇 안되는 올림포스 신들 중 하나이다. 이집트의 지혜의 신인 토트(Thot)나 중세 연금술의 신 메르쿠리우스(Mercurius)와 동일시되는 그는 헤르메스 트리스메기스투스(세 곱으로 위대한 헤르메스라는 뜻)로서 마법사, 연금술사들의 수호신이 되어 헤르메스신앙의 중심을 이루며 17세기까지 살아남았다.

대립을 중재하는 헤르메스의 특성은 신화에서 남성과 여성을 뛰어넘은 제3의 성별, 즉 양성인(兩性人)의 출현을 불러온다. 헤르메스는 여신들 중에서도 특히 아름다운 아프로디테를 늘 탐내며 그녀와 사랑을 나누고 싶어했다. 그 영리한 머리와 능란한 수완으로 온갖 궂은일을 마다 않고 자신을 돕는 헤르메스를 고맙게 여긴 제우스가 한 번은 그가 아프로디테와 사랑을 할 수 있도록 도와주었다. 독수리로 변해 아프로디테가 목욕하느라고 벗어놓은 황금 샌들 한 짝을 슬쩍 물어다 주었던 것이다. 헤르메스가 누구인가. 그는 그 유명한 협상의 기술을 발휘하여 아프로디테로 하여금 자신의 간절한 소원을 들어주겠다는 약속을 받고 나서야 그녀가 아끼던 샌들을 돌려주었다.

그렇게 해서 사랑과 미의 여신 아프로디테와 헤르메스 사이에 헤르마프로디테(헤르메스와 아프로디테를 합친 이름)가 태어나게 되었다. 그는 남성과 여성의 성징을 모두 지니고 있는 양성인으로서 빼어난 아름다움을 지닌 존재였다. 여성의 눈에 비친 그는 거부할 수 없는 매력을 지닌 꽃미남이었고, 남성의 눈으로 볼 때는 어딘지 소년 같은 느낌이

헤르메스와 연인 헤르세. 헤르메스에게는 많은 연인이 있었다. 장 바티스트 마리 피에르의 그림

살아 있는 독특한 아름다움을 지닌 미인이었다.

신화 연구가 이윤기는 그의 책 『뮈토스』에서 신화에 이름을 떨친 미소년들이 아마 헤르마프로디테 같은 종류의 아름다움을 가지고 있었을 것이라고 추측한다. 제우스가 독수리로 변해서 납치한 후 올림포스에서 술시중을 들게 하며 즐거워했던 가뉘메데스, 물에 비친 제 모습에 반해 물속으로 뛰어들어 죽은 후 수선화로 피어난 나르키소스, 아폴론의 사랑을 받다가 그가 던진 원반에 맞아 죽은 미소년 휘아킨토스, 아프로디테의 사랑을 받다가 멧돼지 어금니에 받혀 죽은 아도니스 등이 그러했으리라는 것이다.

모든 대립되는 곳에

양성적 특성을 지닌 이런 종류의 아름다움이 어째서 거부할 수 없는 매혹의 힘을 발휘하는가를 알기 위해서는 인간의 영혼에 깃든 원형적 심상으로서의 양극적 전일성(全一性)에 대한 이해가 필요하다. 쉽게 다른 예를 한번 들어보자. 전세계적으로 그 아름다움이 절정에 이른 것으로 표현된 인물상을 자세히 살펴보라. 석굴암본존불의 아름다움이 완전히 남성적인 것이기만 한가를, 그리고 그뒤 아름답기로 유명한 십일면관음보살상이 과연 남성의 모습인가 아니면 여성의 모습인가를.

모든 대립되는 것들 사이의 균형과 조화, 대립을 넘어선 지점에서 펼쳐지는 새로운 비전을 끊임없이 추구했던 연금술사들의 현실적인 꿈, 그리고 형이상학적인 꿈이 중재의 명수 헤르메스를 끌어다 그 중심에 세웠던 것이 결코 우연한 일이 아니었음을 주목할 필요가 있다.

삶과 죽음, 꿈과 현실, 남자와 여자, 자아와 세계, 너와 나의 대립이 결코 절대적인 것이 아니라 형언할 수 없는 하나를 위한 전제들이고, 그 대립들 사이의 아슬아슬한 줄타기가 삶의 신비이고 아름다움이며, 거기에는 도둑질도 사기도 거짓말도 거침없이 끼어든다는 것을 보여주는 이 민첩하고 융통성 많은 신을 현대인들은 그저 고대 정신의 유산으로만 볼 것이 아니라, 그 힘의 여전한 작용을 계속 연구하고 이해해야 할 것이다.

디오뉘소스, 생명의 광기를 말하다

쾌락과 도취는 광기와 폭력을

포도 재배와 술의 신인 디오뉘소스는 그리스 신화에서 보통 산과 들을 헤매고 다니는 모습으로 등장한다. 하반신이 염소 모습인 음탕한 사튀로스들을 거느리고, 튀르소스라는 솔방울 달린 지팡이와 횃불을 흔들며 술에 취해 미친 듯이 춤추는 신녀 마이나데스들과 함께 말이다. 흥미롭고 이색적인 이 장면, 그리고 그 중심을 이루는 신성(神性)이 의미하는 바는 무엇일까.

로마 신화에서는 바쿠스라는 이름으로 불리는 술과 도취와 광기의 신 디오뉘소스는, 서양 정신사에서 명징한 정신과 예지의 힘을 대표하는 아폴론과 대척점에 선다. 아폴론이 빛과 태양의 영역, 정신과 예술의 영역에 서 있다면 디오뉘소스는 모든 생명이 잉태되고, 돌아가 쉬고, 미지의 세계로 잠겨드는 삶의 다른 반쪽, 즉 밤과 어둠의 영역에 서 있다. 거기에는 달콤한 휴식과 녹아내릴 듯한 쾌락과 도취가 있지만 동시에 정신을 잃은 광기와 폭력 또한 함께하고 있음을 우리는 디오뉘소스에 얽힌 이야기들에서 보게 된다.

제우스의 허벅지에서 태어난 아들

그리스 신화에서 디오뉘소스는 제우스와 테바이의 왕녀 세멜레 사이에서 난 아들이다. 제우스의 사랑을 받은 세멜레는 질투하는 헤라의 농간에 속아, 제우스에게 신으로서의 본모습을 보여달라고 끈질기게 졸랐다. 인간인 세멜레가 광명 그 자체인 자신의 본모습을 감당해 내지 못할 것을 알기에 제우스는 거듭 말렸지만 철없는 왕녀는 막무가내였다.

집요한 요구에 견디다 못한 제우스가 할 수 없이 뇌성벽력과 함께 본모습을 드러내자 세멜레는 그 빛을 견디지 못하고 그 자리에서 타죽고 만다.

이때 세멜레의 뱃속에 아들이 잉태되어 있다는 것을 제우스에게 귀띔해 준 것은 수행비서처럼 따라다니며 제우스의 온갖 심부름을 도맡아하는 전령신 헤르메스였다.

디오뉘소스. 기원전 5세기 붉은 도자기에 그려진 그림

디오뉘소스의 탄생. 세멜레가 제우스에게 간청하고 있다. 귀스타브 모로의 그림

제우스는 세멜레의 태내에서 6개월 된 디오뉘소스를 꺼내 자신의 넓적다리에 넣고 꿰매어 지니고 다니다가 달이 차자 아들을 꺼내놓았다. 그렇게 해서 아버지의 허벅지에서 다시 태어난 디오뉘소스는 '디오메테르(어머니가 둘인 자)'라는 별명을 가지고 있는데, 태어나기 전부터 이미 반은 어머니의 뱃속에, 반은 아버지의 허벅지에 들어 있던 이 신은 그리스의 남신들 가운데에서도 특히 여성적인 요소를 많이 지닌

신이고, 대지의 여신 데메테르와도 밀접한 관계가 있다.

여기서 아버지의 허벅지에서 태어난 디오뉘소스의 이미지를 제우스의 머리에서 태어난 아테나 탄생 장면과 비교해 보라. 고대 그리스인들이 우리 신체 부위의 상징적 연상을 통해 어떻게 두 신의 특성을 대비시키고 있는지를 알 수 있다. 아테나는 여신이지만 그 특성상 아폴론의 영역, 즉 동양 철학에서 말하는 양(陽)의 영역에 가까운 신이고, 디오뉘소스는 남신이면서도 상대적으로 음(陰)의 영역에 속하는 신이기 때문이다. 머리와 허벅지의 대비, 재미있지 않은가.

제우스는 세상으로 나온 아기 디오뉘소스를 헤라 몰래 뉘사라는 곳으로 보내 요정들 손에서 자라게 했다. 그러나 요정 코로니스의 보살핌을 받던 디오뉘소스는 끈질긴 헤라의 박해로 미쳐서 이집트와 시리아, 더 멀리 인도까지 세상을 헤매며 다니게 된다. 그러다가 제우스의 어머니로서 만물의 어머니라고 할 수 있는 여신 레아에 의해 제정신으로 돌아오고, 그녀에게서 비교(秘敎) 의식을 배운 것으로 전해진다.

그후 디오뉘소스는 사람들에게 포도 재배와 술 빚는 법을 가르치고, 열광적인 신자들을 거느린 채 떠돌며 박해에 대한 싸움과 포교로 세월을 보냈다. 그리고 결과는 이 격정적인 신의 승리와 영광으로 매듭지어진다.

이러한 디오뉘소스의 신성을 깨닫는 것은 매우 어려운 작업이지만, 그가 대변하는 막강한 '힘'의 본질을 이해하는 일은 생명이 무엇인지를 알고자 하는 이들에게는 피할 수 없는 일일 것이다. 우리 삶에 내재해 있는 엄청난 '도취'와 '광기', 생명 현상 자체가 지닌 무자비한 '폭력'을 이해하는 일이기 때문이다.

디오뉘소스의 죽음과 부활

그리스 비극이 바로 디오뉘소스 제전에서 비롯되었다는 것은 이미 잘 알려진 사실이다. 그렇다면 고대 그리스인들은 삶 자체가 이미 비극임을, 디오뉘소스를 기리며 그 표상 속에 푹 잠겨 성찰했던 것은 아닐까. 태어나고, 자라고, 늙고, 죽고, 썩고, 다시 싹을 틔우고, 자라나는 생명의 순환 과정이 어떤 의미에서는 그 자체로 이미 비극적인 도취요 광기임을 보여주는 신이 바로 디오뉘소스이기 때문이다.

디오뉘소스 신화에는 그의 죽음과 부활 이야기가 포함된 버전이 있고, 이는 종종 예수의 부활과 비교되기도 하는데 디오뉘소스 자그레우스의 이야기로 전해지는 버전은 간략히 말해 다음과 같다. 자신의 간계로 세멜레가 죽었는데도 헤라는 분노를 삭이지 못하고 티탄들에게 어린 디오뉘소스를 죽이라는 명령을 내렸다. 잔인한 거인들은 디오뉘소스를 찢어죽여 그 시체를 들판에 버렸는데, 이 손자를 가엾게 여긴 제우스의 어머니 레아 여신이 그 찢어진 살 조각들을 다시 맞춰 살려주었다. 그리고 이 부활을 통해 디오뉘소스가 불사의 신이 되었다는 것이다.

그런데 다시 살려내긴 했어도 아직 어린 이 신을 헤라의 암팡진 손길에서 계속 지켜주어야 할 필요를 느낀 레아는 그를 데메테르 여신의 딸이자 지하세계의 왕비인 페르세포네에게 맡겼고, 페르세포네는 그를 다시 오르코메노스의 왕 아타마스와 그 아내 이노에게 키워달라고 맡기게 된다. 이노는 제우스의 광명에 타죽은 디오뉘소스의 어머니 세멜레의 언니였다.

젊은 디오뉘소스. 카라바조의 그림

디오뉘소스와 데메테르. 왼쪽에는 에로스. 한스 폰 아헨의 그림

아타마스 왕과 이노 왕비는 헤라의 눈을 피하기 위해 아이에게 여자 옷을 입혀 키웠지만 그런 위장에 속을 헤라가 아니었다. 사실을 알게 된 헤라의 복수로 아타마스는 미쳐서 디오뉘소스를 사슴인 줄 알고 죽이려 했고, 이노는 발광해 절벽에서 바다로 뛰어내려 죽었다.

그 절박한 위기에서 어린 디오뉘소스를 구해준 것은 제우스의 전령신 헤르메스였다. 그는 디오뉘소스를 새끼 염소로 변신시켜 뉘사 산에 사는 요정들에게 맡겨 키우게 했다. 훗날 성인으로 자라난 디오뉘소스가 포도 경작을 처음으로 시작한 곳이 바로 이 뉘사 산이었고, 그를 돌봐준 요정들은 나중에 디오뉘소스의 여사제들인 마이나데스가 되어 그를 받들고 따라다녔다.

한편 헤라의 박해는 거기서 끝나지 않았다. 나중에 다시 한 번 헤라에게 발각된 디오뉘소스는 바다에서 해적들에게 납치되는데 이때 놀라운 광경이 벌어진다. 디오뉘소스를 노예로 팔아버리려고 항해를 하던 해적선이 갑자기 바다 위에서 오도 가도 못하고 꼼짝없이 묶여버리는 것이다. 어디선가 피리 소리가 들려오고, 배의 키는 포도 덩굴과 열매에 휘감겼으며, 뱀들이 돛대를 감고 기어오르는가 하면 어디서 나타났는지 갑판 위에서는 사자와 표범들이 어슬렁거리며 돌아다녔던 것이다. 놀란 해적들은 허둥지둥 바다로 뛰어들었는데, 그 순간 모두 돌고래로 변해버렸다.

디오뉘소스와 돌고래로 변한 뱃사람들. 기원전 6세기 그리스의 도자기 그림

나를 따르지 않는 자에게 저주를

디오뉘소스는 자신의 종교를 업신여기는 자에게 가혹했다. 트라키아의 왕 뤼쿠르고스는 자신의 왕국으로 들어오는 디오뉘소스의 원정군과 싸워 이긴 최초의 왕이었다. 그러자 디오뉘소스는 복수로 그를 미치게 만들었고, 정신착란에 빠진 뤼쿠르고스는 자기 어머니를 겁탈하려고 덤볐다. 그러다 잠시 제정신이 돌아왔을 때 자기가 한 짓을 알고는 디오뉘소스가 퍼뜨린 포도주를 저주하지만, 돌아서면서 다시 착란상태에 빠져 자기 옆에 있던 아들을 단칼에 베어 죽인다. 아들이 저주스러운 포도나무로 보였던 것이다.

이런 일들로 인해 트라키아는 나라 전체가 신의 저주를 받게 되었다. 디오뉘소스는 트라키아 사람들에게 자기네 왕을 죽이기 전에는 저주를 풀어줄 수 없노라고 했다. 사람들은 뤼쿠르고스를 사나운 말들에게 던져주어 잡아먹히게 했다.

그 밖의 여러 어둡고 비참한 이야기 가운데 테바이의 왕 펜테우스의 죽음은 에우리피데스의 『바쿠스의 신녀들(The Bacchae)』에 잘 묘사되

디오뉘소스 축제 때 열광하는 여신도들인 마이나데스. 기원전 6세기 그리스의 부조

어 있다. 펜테우스는 여자들이 무리를 지어 이 광적인 신에게 몰려가는 것을 풍기를 문란하게 한다고 못마땅해 했다. 그런데 그러한 그가 비참한 운명에 말려들게 된다. 마이나데스들이 벌이는 거친 광란의 제의를 보고 싶다는 참을 수 없는 욕망에 사로잡힌 것이다. 왕은 여장을 하고 나무 위로 올라가 구경을 하다 들켜서 그 자리에 있던 여인들에게 갈기갈기 찢겨 죽음을 당했다.

더욱 기막힌 것은 이 끔찍한 살인 현장에서 가장 열성적으로 앞장선 사람이 바로 디오뉘소스 제전의 광란에 빠진 펜테우스의 어머니 아가베였다는 사실이다.

디오뉘소스 숭배를 거부했던 아르고스인들도 참혹한 벌을 받는다. 남자들은 모두 살해되었고 여자들은 미쳐서 온 나라를 떠돌아다니며 자기 자식을 찢어서 먹었다. 훗날 영웅 페르세우스가 디오뉘소스 신전을 지음으로써 비로소 그의 분노는 가라앉았다.

생명, 그 매혹과 참혹 사이

이 광적인 승리의 원정을 통해 디오뉘소스는 인간 세계는 물론 신들에게도 그가 대표하는 힘이 얼마나 막강한 것인지를 증명해 보였다. 인간 여자의 몸에서 난 이 의붓아들을 끈질기게 박해하던 헤라도 결국 그와 타협하지 않을 수 없는 상황에 이르게 되었다. 헤라의 딸이자 청춘의 여신인 헤베가 제 자리를 양보하여 디오뉘소스는 막강한 올륌포스 신들 중 하나로 부상하게 된다.

디오뉘소스의 아내가 된 아리아드네는 영웅 테세우스에게 반해 아버지인 미노스 왕을 배신하고 한 번 들어가면 누구도 빠져나올 수 없다는 미궁을 빠져나올 수 있는 방법을 알려주고 함께 도망쳤던 여인이다. 테세우스는 사랑에 도취되어 주변의 어떤 상황도 아랑곳 않는 이 열정적인 여인을 그녀가 잠든 틈을 타 낙소스 섬에 남겨두고 떠나버린다. 놀라운 것은 이 버림받은 아리아드네가 그 섬으로 찾아온 디오뉘소스의 아내가 되었다는 점이다.

지혜의 여신 아테나는 테세우스의 꿈에 나타나 아리아드네를 버리고 떠나라고 충고하고, 도취와 쾌락과 생명과 광기의 신 디오뉘소스는 바로 그 아리아드네를 아내로 맞아들인다. 삶을 구상하는 에너지들이 어떻게 충돌하고 어우러지는가를 보여주는 좋은 예가 아닐 수 없다. 의로움과 절제, 삶의 조화로운 균형을 중요시하는 '지혜'는 아리아드네의 눈먼 사랑의 행각을 두고 보지 못한다. 반면 바로 그 눈먼 도취와 사랑의 광기가 디오뉘소스에게는 기껍고 마음에 든다는 이야기가 되기 때문이다. 아버지의 머리에서 태어난 여신과 아버지의 허벅지에서 태어난 남신의 에너지가 충돌하는 장면이다.

명징한 정신에 대항하는 감정의 힘, 격정과 충동의 힘을 나타내는 디오뉘소스적 요소를 니체는 그의 『비극의 탄생』에서 '아폴론적인 것' 못지않게 중요한 인간의 근원적 속성이라고 선언했다. 정신분석학자 프로이트는 인간이 자연스런 본능의 충동과 욕구를 해소시키지 못하고 계속 억누르게 되면 '광기', 즉 노이로제에 걸리게 된다고 했다.

길게 말해 무엇 하겠는가. 분명하고 반듯하고 합리적으로 세상이 요구하는 조건들을 만족시키고 난 뒤 어둠이 내리면 그 스트레스를 해소하러 사람들은 어디로 가는가? 술 취해서 노래하고 춤추고 싸움을 벌

디오뉘소스와 아리아드네. 티치아노 베첼리오의 그림

이고 육욕에 빠져드는 인간의 행태는 예나 지금이나 다를 바가 없다.

디오뉘소스 신화는 우리에게 스스로의 내면에 깃들어 있는 생명의 그 매혹적이고도 참혹한 측면을 열어 보여준다. 그것은 무조건 따라가서도, 무조건 무시해서도 안되는 엄연한 실존의 영역으로, 각자 마음의 중심을 잘 세워 그 힘을 존중하면서도 제어할 수 있어야 한다는 메시지를 전하고 있다.

병색이 도는 술의 신 디오뉘소스. 도취와 쾌락에 대한 경고의 메시지가 담겨 있는 카라바조의 그림

디오뉘소스가 겪은 시련, 고통과 죽음으로부터의 부활은 고대 말기에 성행했던 오르페우스 밀교에서 중요한 의미를 지니게 된다. 그리고 디오뉘소스 숭배 제의는, 그 또한 온몸이 갈기갈기 찢겼다가 죽음으로부터 부활한 이집트의 신 오시리스 제의와도 유사한 구석이 있어 신화학자들의 연구 대상이 되고 있다.

2 사랑의 스펙트럼

앞 그림 | 에드워드 번 존스의 「퓌그말리온과 갈라테이아」

올림포스 최대의 연애 스캔들

대장장이 신, 헤파이스토스

올림포스의 중요한 신 중 하나인 헤파이스토스는 작은 키에 절름발이로 외모는 볼품없지만 재주가 비상해서 그의 손을 거치면 세상에 못 만들어낼 것이 없는 참으로 놀라운 대장장이 신이었다.

말이 대장장이이지 실제로 이 신이 하는 일은 오늘날 건축가, 로봇 공학자, 첨단 무기 설계가 등 전문 지식을 가진 최고급 기술자들이 하는 일들이었다.

신들의 궁전을 짓는 일은 늘 그에게 돌아갔고, 갑옷이나 무기가 필요할 때도 신들은 모두 그를 찾아갔다. 불편한 다리 때문에 운전하기 편한 자동차 같은 수레를 만들어서 타고 다녔던 그는 제우스의 명으로 그리스 신화에서 인류 최초의 여자인 판도라를 만들기도 했다.

제우스와 헤라. 제우스의 정식 아내인 헤라는 제우스의 여자들을 끊임없이 질투한다.

헤파이스토스의 탄생에는 두 가지 설이 있다. 제우스와 헤라 사이에서 태어난 아들이라고도 하고, 또다른 버전에서는 제우스가 혼자서 아테나를 낳자 샘 많은 헤라가 자기도 혼자서 헤파이스토스를 지어 낳았다고도 전한다. 그런데 못생긴 절름발이가 태어나자 화가 난 헤라가 아기를 올륌포스에서 바다로 밀어 던져버렸다. 바다의 여신 테티스가 그를 가엾게 여겨 9년 동안 키워주었는데, 자라나면서 놀라운 재주를 보이게 된 이 절름발이 신은 눈부시게 찬란한 황금 옥좌를 만들어 무정한 어머니에게 선사함으로써 올륌포스로 돌아오게 된다.

이 옥좌는 매우 아름답지만 거기에 앉기만 하면 사슬이 조여 오도록 설계되어 있었는데, 선물이 마음에 든 헤라가 거기 앉았다가 사슬에 묶여 일어날 수가 없게 되었다. 그것을 풀 수 있는 사람은 헤파이스토스뿐이었다. 신들은 하는 수 없이 헤파이스토스를 올륌포스로 불러 헤라를 사슬에서 풀려나게 했다. 이 일을 해결하느라 평소 헤파이스토스의 신뢰를 받고 있던 디오뉘소스가 그를 찾아가 술에 취하게 한 다음 잘 달래서 당나귀에 태워 올륌포스로 데리고 돌아왔다.

그런데 제우스와 헤라 사이에 부부싸움이 벌어지면 헤파이스토스는 늘 헤라 편을 들었다. 한번은 제우스가 부부싸움을 하다가 또 헤라 편을 들며 말리는 헤파이스토스가 미워서 그를 발로 차 올림포스에서 떨어뜨려 버렸다. 사흘 밤 사흘 낮 동안을 떨어져 렘노스 섬에 팽개쳐진 대장장이 신은 그러지 않아도 저는 다리를 더 심하게 절게 되었다고 한다.

너무 예쁜 아내 아프로디테의 외도

헤파이스토스는 따를 자가 없는 솜씨를 가졌지만 그와 관련된 이야기들에서 보면 대개 숫기 없고 성실하고 고지식한 성품으로 그려진다. 그런데 그리스의 남신들 가운데 가장 못생긴 이 헤파이스토스가 가장 섹시하고 아름다운 여신 아프로디테의 남편으로 나온다. 왜 그렇게 짝이 지어졌는지를 신화는 시시콜콜 설명하지 않는다. 그 이유를 짐작하고 거기서 우리네 삶의 어떤 보편적인 현상을 읽어내는 것은 어디까지나 독자의 몫으로 남겨지는 것이다. 게다가 이 어울리지 않는 부부 이야기는 다시 전쟁신 아레스와 삼각관계로 얽히고 있다.

헤파이스토스의 대장간을 찾은 아프로디테. 마티외 르 냉의 그림

올림포스 신들의 궁전은 거의 모두 헤파이스토스가 지었다. 또 신이

전쟁의 신, 아레스. 디에고 벨라스케스의 그림

나 영웅들의 특별한 무기며 갑옷, 도구나 장신구 등 온갖 진귀한 물건들을 만들어내느라 이 기술의 신은 늘 쉴 새 없이 바빴다.

원래 어떤 일에 몰두하면 주변의 다른 일은 안중에 없어지는 것이 예나 지금이나 기술자들의 특성이어서 그랬는지는 몰라도 그는 아리따운 아내에게는 전혀 매력적이지도 살뜰하지도 못한 답답하고 갑갑한 남편이었던 모양이다. 그런데 누가 보아도 눈이 번쩍 뜨이게 아름다운 여신 아프로디테에게 무엇이든 탐나면 거침없이 빼앗아 버리는, 폭력적이지만 그래서 한편으론 멋있어 보이는 잘생긴 전쟁신 아레스가 접근해 저 유명한 올림포스 스캔들을 일으킨다. 아프로디테와 아레스는 틈만 나면 만나 거리낌없이 사랑을 나누었다. 그런 일이 반복되자 하늘에 떠올라 모든 것을 볼 수 있던 태양신 헬리오스는 헤파이스토스에게 자기가 본 것을 귀띔해 주고 갔다.

작업장에서 그 말을 듣고 얼굴이 벌겋게 상기된 헤파이스토스는 만사 제쳐두고 그물을 짜기 시작했다. 올이 가늘어 육안으로는 보이지 않는 아주 섬세한 강철 그물을 공들여 짰다. 그러고는 집으로 돌아와 부부의 침대 주위에 몰래 그물을 쳐놓고는 갑자기 중요한 볼 일이 생겨 며칠 집을 비워야 한다며 휑하니 나가버렸다. 아프로디테는 뛸 듯이 기뻐하며 아레스에게 당장 집으로 오라고 연락했다.

아레스와 아프로디테. 자크 루이 다비드의 그림

아레스는 즉시 황금과 청동으로 번쩍이는 헤파이스토스의 궁전으로 달려왔다. 정교하고 예술적인 장식이 새겨진 화려한 침대 위에서 기다리고 있는, 녹아내릴 듯 달콤한 아프로디테의 품속으로 뛰어든 아레스. 그런데 갑자기 보이지 않는 어떤 것이 나신의 한 쌍을 사정없이 조여 꼼짝달싹 못하게 만들었다. 이때쯤 헤파이스토스는 발길을 돌려 집으로 돌아왔다. 그는 자기 집 침실 문을 활짝 열어젖히고 올림포스가 떠나가도록 소리를 질러대며 자기가 무엇을 잡아놓았는지 와서 보라고 신들을 불러 모았다.

호메로스의 『오뒤세이아』에서 눈 먼 시인 데모도코스는 이 장면을 바로 눈앞에 보듯 묘사하고 있다. 여신들은 차마 낯이 뜨거워 아예 빠지거나 뒷전에 물러서 있고 남신들은 웅기중기 모여 서서 싱글거리며 구경했다는 것이다.

잔뜩 화가 난 헤파이스토스가 제우스에게 자신이 아프로디테와 결혼할 때 냈던 지참금을 도로 다 내놓으라고 난리쳤다는 것을 보면, 그리고 헤파이스토스의 궁전이 무척 화려하게 그려지고 있는 것을 보면 이 대장장이 신은 오늘날 고급 엔지니어들이 그렇듯 무엇이든 만들어 내는 그 재주로 인해 상당한 부를 누리고 있었던 모양이다.

아름다운 여자와 돈 많은 남자의 결합

그 자리에는 아폴론과 헤르메스도 있었는데, 아폴론이 농처럼 옆에 있던 헤르메스에게 이렇게 물었다.

"어떤가요, 헤르메스. 당신 같으면 저렇게 그물에 꽁꽁 묶이더라도 저 금빛 아프로디테 곁에 눕겠어요?"

그러자 헤르메스는 서슴없이 대답했다.

"눕고말고요. 그물이 저보다 세 배나 더 질겨도, 온 세상 신들이 다 모여서 쳐다본다 해도 저 금빛 아프로디테 곁에 눕고말고요."

그러자 그 자리에 있던 신들은 모두 왁자하게 웃음을 터뜨렸다.

잠시 후 제우스는 명색이 신이라는 것들이 이 무슨 민망한 꼴이냐고 나무라며 자리를 떠났고, 포세이돈은 헤파이스토스에게 자기가 아레스에게서 이 일에 대한 위자료를 받아줄 테니 이제 그만 둘을 풀어주라고 중재를 하고 나섰다. 한참을 씩씩거리던 헤파이스토스는 결국 포이세돈에게서 위자료에 대해 보증을 서겠다는 확약을 받고 나서야 두 남녀를 풀어주었다.

재미있는 것은 그 일이 있은 후 아레스는 뒤도 돌아보지 않고 트라키아로 도망쳐 집에 틀어박힌 채 상당히 오랫동안 두문불출하고 지냈

헤파이스토스의 그물에 잡힌 아프로디테와 아레스. 헨드리크 드 클레르크의 그림

던 반면, 아프로디테는 일단 자신의 영역인 퀴프로스 섬으로 가서 바닷물에 몸을 씻고 카리테스 신녀들의 시중을 받으며 더욱더 아름답게 치장한 후 무슨 일이 있었느냐는 듯 태연하게 돌아다녔다는 점이다.

그리스 신들이 고대에 실제 신앙의 대상이었다 할지라도 그 본질은 어디까지나 우리네 삶의 보이지 않는 힘들에 대한 알레고리이다. 아프로디테가 대변하는 힘이 누구나 원하는 성적인 아름다움이라는 점을 감안하고 이 신화를 들여다보면 그 의미의 윤곽이 비로소 드러난다. 세상에서 아프로디테적인 것을 차지하는 힘은 '부'와 '폭력'이라는 사실이 밑그림으로 떠오르는 것이다.

오늘날 우리네 안방극장을 온통 도배하고 있는 드라마 소재들이 왜 하필 돈 많은 남자와 결혼하는 아름다운 여인의 이야기인지, 그리고 그것이 비단 오늘만의 이야기가 아니라 『이수일과 심순애』 그리고 그 이전의 이야기들로 까마득히 거슬러 올라가는지를 생각해 보라. 그리

아프로디테의 탄생. 산드로 보티첼리의 그림

아프로디테와 아들 에로스. 오른쪽에 전쟁의 신 아레스가 다가오고 있다. 램버트 서스트리스의 그림

고 그 돈 많은 남자가 반드시 모든 것을 다 갖춘 완벽한 남자가 아닌 경우가 많았다는 점까지 고려하여 곰곰이 생각해 보라. 못생긴 절름발이 헤파이스토스 옆에 꿈같은 아프로디테가 자리하고 있는, 얼핏 보아 말이 안되는 이 신화 이야기의 보편성에 우리는 놀랄 수밖에 없는 것이다.

그런데 이야기는 여기서 끝나지 않는다. 아름답지만 문란한 여자와 폭력적이지만 잘생긴 남자, 즉 정복자의 결합은 또 어떠한가? 셀 수 없이 많은 예를 역사에서 찾아낼 수 있는 이 경우는 오히려 훨씬 자연스럽고 당연해 보이기 때문인지 수많은 화가, 조각가들이 이 두 신을 완벽한 한 쌍으로 그려내고 있으며, 이 예술품들은 오늘날 전세계 박물관에 흩어져 있다.

실제로 아프로디테는 헤파이스토스와의 사이에는 자식이 없지만 아레스에게서 두 명의 자식을 낳은 것으로 되어 있다. 하나는 저 유명한 사랑의 신 '에로스'이고, 다른 하나는 '하르모니아(조화)'라는 이름의 딸이다. 에로스의 녹을 듯한 아름다움과 그 불가항력의 폭력을 떠올려 보면 왜 그가 아프로디테와 아레스의 아들인지 고개가 끄덕여지지 않는가?

인생을 바라보는 신화의 시선

위의 스캔들에 대고 예술의 수호신 아폴론이 던진 촌철살인의 한 마디에 몸서리를 친 사람이 있다면, 그는 이미 웬만큼 인간을 아는 경지에 올라섰다고 할 수 있을 것이다. 옆에 있는 헤르메스에게 묻고 있지만 아폴론의 이 질문은 실은 신화를 읽는 독자 모두에게 던진 것이라고 할 수 있기 때문이다.

그런가 하면 이 민망한 상황에 위자료 받아줄 테니 그만 풀어주라고 중재에 나선 이가 하필 원초적 본능의 신 포세이돈이라는 사실 또한 재미있다. 온통 올림포스를 뒤엎을 듯 난리를 치던 기술의 신 헤파이스토스가 결국 포세이돈에게 보증까지 세우면서 못이기는 척 돈에 아내를 팔아먹는 행태에 실소를 터뜨리는 독자도 있을 것이다. 삼천 년도 더 된 남의 나라 이야기가 유전공학과 IT 기술을 자랑하는 오늘날 우리네 삶에서도 여전히 되풀이되고 있음을 떠올리며.

신화의 교훈은 스토리 자체와는 별개라는 점을 알게 되면 인생을 바라보는 새로운 눈이 열린다. 이 이야기를 통해 '기술'이란 살아가는 데 매우 유용한 힘이지만 결정적인 순간에 아주 중요한 것을 눈 딱 감고 돈에 팔아먹는 속성도 있다는 것을 과학자나 기술자들이 깨닫는다면, 그래서 자기는 절대로 그렇게 비루해지지 않겠다고 결심한다면 이 신화는 비로소 제 기능을 하는 것이다.

에로스의 화살을 만들고 있는 헤파이스토스. 알렉산드로 티아리니의 그림

또한 아폴론의 지적이 아프로디테 곁에 가서 누우라는 뜻이 아니라, 누구나 그런 욕망을 품고 있으니 품위 있고 고상한 삶이란 거저 주어지는 것이 아니라는 메시지를 담고 있다는 사실을 읽어낼 때 이 신화의 교훈은 발동된다. 그리고 성적 아름다움이 그 속성상 '부'와 '폭력'에 친화력이 있으나 '배신'과 '망신'의 그늘도 함께 지니고 있다는 점을 이 이야기에서 깨닫는다면, 그때 비로소 신화는 제 역할을 하는 것이다.

춘향이와 페넬로페의 사랑 이야기

세기의 두 커플

우리 옛이야기 중에 대표적인 사랑 이야기라면 아마 『춘향전』을 꼽는 사람이 가장 많지 않을까. 서양에도 이에 비견될 수 있는 사랑 이야기가 있으니 바로 호메로스의 『오뒤세이아』에 나오는 오뒤세우스와 페넬로페 부부의 사랑이다.

많은 사람들의 사랑을 받는 이 두 고전에는 자신들의 의지로 사회적 신분의 벽을 넘어서는, 그리고 끈질긴 인내로 운명처럼 주어진 환경의 제약을 넘어서는 남녀의 고귀한 사랑이 그려지고 있다. 거의 신화가 되어버린 이들의 이야기는 우리에게 사랑과 행복을 지키기 위해서는 얼마나 많은 인내와 자기 극복이 요구되는지를 보여준다.

그런데 『춘향전』이 사랑 이야기라는 점에 이의를 제기할 사람은 없겠지만 호메로스의 『오뒤세이아』를 사랑 이야기라고 하는 데에는 선뜻 동의하지 않는 사람이 많을 것이다. 『오뒤세이아』는 작품의 스케일이 워낙 크기도 하지만, 내용이 오뒤세우스가 집으로 돌아가는 과정에서 겪는 다양한 모험을 중심으로 펼쳐지기 때문이다. 그러나 조금 거리를 두고 전체적으로 조망해 보면 『오뒤세이아』는 결국 인생에 닥쳐오는 온갖 위험과 유혹에도 불구하고 사랑하는 아내 페넬로페에게로 돌아가는 영웅 오뒤세우스의 이야기가 큰 틀을 이루고 있다는 것을 알게 된다.

멀리 떠난 남편을 기다리며 구혼자들의 온갖 유혹과 협박에 굴하지 않고 자신의 사랑을 지켜내는 총명하고 올곧은 여성의 이미지가 춘향과 페넬로페의 공통점이라면, 거친 세상 속에 뛰어들어 자신의 힘과 의지를 증명해 보이고 끝내 집으로 돌아와 난장판이 된 사태를 분명하

페넬로페가 시아버지의 수의를 짜고 있고, 구혼자들이 꽃다발을 바치고 있다. 존 워터하우스의 그림

게 매듭짓는, 능력 있고 훌륭한 남성의 이미지가 이몽룡과 오뒤세우스에게 공통으로 드러나고 있다.

이몽룡과 성춘향, 오뒤세우스와 페넬로페, 이 두 커플을 바라보는 일은 큰 만족감을 안겨준다. 남녀 모두 지성과 덕망과 아름다움을 갖춘 인물들이고 또 서로 잘 어울리기 때문이다. 이들의 사랑에는 솔직하고 분방한 자유로움이 드러난다. 오뒤세우스와 페넬로페의 사랑은 구체적인 묘사 없이 비교적 점잖게 다루어진다. 하지만 오직 두 사람만이 알고 있는 그들의 침대에 얽힌 비밀이 있었으니, 페넬로페가 그 비밀을 가지고 20년 만에 돌아온 남편이 진짜인지를 시험할 때는 젊은 날 그들의 사랑이 어떠했으리라는 것을 능히 짐작하게 한다.

그에 비해 이몽룡과 춘향의 사랑과 결혼이 다루어진 부분을 보면 젊음과 성의 발랄함과 신선함이 이보다 분방하고 자신 있게 표현된 작품이 있을까 싶을 정도이다. 그러나 동서양에서 남녀의 사랑을 다룬 것이 비단 이 두 이야기에 그치는 것이 아닌 바에야 두 작품이 고전으로서 끊임없이 사람의 마음을 끄는 요소는 다른 데에 있다고 봐야 할 것이다.

춘향과 페넬로페, 이몽룡과 오뒤세우스

성격을 비교하자면 춘향과 페넬로페는 아름다움과 지조를 겸비했다는 공통점이 있지만 차이 또한 두드러진다. 춘향이 더 어리고 직선적이고 뚜렷한 캐릭터로 작품의 전면에 떠오르는 데 비해, 페넬로페는

오뒤세우스와 페넬로페.
프리마티초의 그림

노숙하고 신중하며 사려깊은 차분함으로 작품의 배경 속에 묻혀 있다. 페넬로페에 비하면 춘향에게는 이몽룡과 변학도를 한눈에 사로잡는, 오히려 헬레나적이라고 해야 할 화려함이 깃들어 있는 것이다.

춘향과 페넬로페는 내면에 깃든 정신의 강인함과 자유의지로 자신들의 삶을 위협하는 외부의 압력에 분연히 맞서는 대찬 면모를 보여준다. 차이가 있다면, 춘향이 죽음을 무릅쓰고 직접적인 항거를 하는 데 비해 페넬로페는 지략가 오뒤세우스의 아내답게 머리를 써서 무도한 구혼자들의 요구를 저지하는 점이 다를 뿐이다.

이몽룡과 오뒤세우스의 경우에도 여러 공통점이 보인다. 우선 양쪽 모두 머리 좋고, 잘생기고, 용감하고, 유능하며, 무엇보다 바른 성정을 지녔고, 강하지만 부드럽고, 섬세한 감성의 소유자들이다. 이러한 자질과 더불어 오뒤세우스는 여인들은 물론 여신들조차 탐내는 남성의 이미지로 그려진다.

주목할 점은 이런 오뒤세우스와 이몽룡에게 남성이 보이는 정절과 올곧은 사랑이 추가됨으로써 더욱 고귀한 모습으로 표현되고 있다는 사실이다. 물론 오뒤세우스는 트로이전쟁이 끝난 후 포세이돈의 저주로 또다시 10년을 바다 위에서 떠돌며 본의 아니게 마녀 키르케와 살아야 했고, 요정 칼륍소의 섬에서 7년을 보낸다. 하지만 그의 마음이 늘 아내 페넬로페에게 가 있다는 것은, 신들처럼 영생의 몸으로 만들어주겠다는 칼륍소의 제안을 뿌리치고 다시 폭풍이 몰아치는 포세이돈의 바다로 뛰어드는 대목에서 잘 드러난다. 칼륍소의 말대로 페넬로페는 요정인 칼륍소만큼 아름답지도 못하고 이미 나이도 들었겠지만, 오뒤세우스는 낙원 같은 섬에서 매혹적인 칼륍소와 영원히 사는 것보

오뒤세우스와 칼륍소. 아르놀트 뵈클린의 그림

다 하루를 살아도 사랑하는 아내와 함께 살고 싶었던 것이다.

여기서 주목해야 할 점은 춘향이나 페넬로페, 오뒤세우스나 이몽룡이 보여주는 고귀함이나 인간적 존엄이 어쩌다 그냥 주어진 것이 아니라 각자 자유의지로 선택하고 싸워 이겨냄으로써 얻어낸 것이라는 사실이다.

신도 막을 수 없는 사랑의 승리

오뒤세우스의 경우 견디고 이겨내야 하는 대상은 포세이돈이라는 초자연적인 힘의 압제였다. 신과 인간의 경계가 엄연하여 신의 뜻을 거스를 수 없던 고대 그리스 시대에 신의 뜻에 저항해 끝까지 자신의 의지를 굽히지 않은 영웅의 이야기는 신도 어쩌지 못하는 인간의 의지를, 그 강력한 힘을 입증해 보인 이야기라 해야 할 것이다.

포세이돈의 형상으로 표현된 안드레아 도리아의 초상화. 브론치노의 그림

포세이돈이라는 광포한 바다의 신이 대변하는 힘은 지성에 의해 다듬어지지 않은 거친 자연력이다. 문명도 문화도 없이 야만의 상태에서 살고 있는 외눈박이 거인 폴뤼페모스가 포세이돈의 아들이라는 사실과, 지략을 써

서 그 거인의 외눈을 찔러 멀게 하고 야만의 땅을 탈출하는 오뒤세우스의 이야기는 그것을 비유로서 읽을 때 많은 것을 시사해 준다. 이것은 포세이돈이 오뒤세우스를 괴롭히는 반면 지혜의 여신 아테나가 수호신처럼 끊임없이 그를 돕고 있는 것과도 무관하지 않다. 인간이 인간으로서의 존엄을 누리려면 거친 본능의 야만적인 힘에 굴복할 것이 아니라 지력과 용기, 인내로써 인간다운 삶을 스스로 찾아 가져야 한다는 의미가 내포되어 있는 것이다.

실제로 오뒤세우스가 원한 것은 자신의 아내와 아들 곁으로 돌아가겠다는 지극히 당연한 바람이었다. 그렇다면 인간의 삶에선 그 당연한 권리조차 누리고 지키기가 쉽지 않다는 것이 이 불굴의 영웅 이야기에 암시되어 있는 것 아니겠는가.

『춘향전』에서 춘향과 이몽룡은 사회적 신분의 차이라는 제도권의 속박을 스스로의 힘으로 벗어던지고 원하는 바를 당당히 이루어낸다. 아버지의 그늘에서 양반이라는 신분에 묶여 어쩔 수 없이 춘향과 이별해야 했던 이몽룡은 과거에 급제하고 어사의 신분을 얻음으로써 변 사또를 벌하고 춘향을 아내로 맞아들일 수 있는 힘과 자격을 얻는다. 한편 기생의 딸이라는 신분 때문에 속절없이 낭군을 떠나보내야 했던 춘향은 목숨을 걸고 지조를 지키는 열녀의 행적을 통해 양반 남편에 걸맞은 배필의 자격을 지녔음을 입증한다.

인간으로서 당연히 누려야 할, 사랑하는 사람과 살 권리가 외부의 힘에 의해 침해당했을 때 그 부당한 힘에 눌려 포기하는 것이 아니라 제 힘으로 그 제약을 밀치고 올라서는 당당한 인간 승리의 요소가 두 이야기의 기본 축으로 공존하고 있다.

세이레네스의 유혹을 받는 오뒤세우스 일행. 허버트 제임스 드레이퍼의 그림

구전문학에 나타난 두 문화

『춘향전』과 『오뒤세이아』의 공통점 중 중요한 것은 두 작품 모두 구전문학의 기반 위에 서 있다는 점이다. 구전문학은 어느 한 작가에 의해 쓰여진 작품과는 달리 몇백 년 동안 수많은 사람들의 입과 귀를 거치는 사이 인물들의 성격과 심리, 사건의 개연성 등이 가장 자연스럽고 타당한 쪽으로 다듬어지게 되어 있다. 입에서 입으로 전해지면서 무언가 이치에 어긋나거나 불만족스러운 부분이 있으면 그것을 조금씩 고치고 개선할 수 있는 여지가 구전문학에는 존재하기 때문이다. 따라서 구전문학의 전통에 속해 있는 작품에는 그것이 발생한 사회와 민족의 공동 가치관과 집단무의식이 투영되어 있다.

『오뒤세이아』에는 고대 그리스 민족의 가치관이 잘 드러나 있다. 개인의 자유와 권리를 존중해 일찍이 민주주의를 꽃피운 민족, 아크로폴리스 언덕에 파르테논 신전을 짓고 아테나를 섬겼던 민족이 오랜 세월 다듬어낸 오뒤세우스라는 영웅의 모습에는 합리적 지성의 빈틈없고

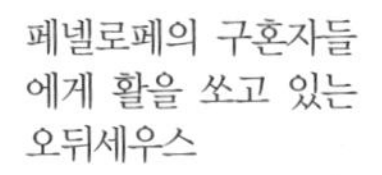

페넬로페의 구혼자들에게 활을 쏘고 있는 오뒤세우스

단호한 명쾌함이 서려 있다.

오뒤세우스를 아끼고 수호하는 아테나는 지혜의 여신인 동시에 전쟁의 여신이기도 하다. 부당하게 누구를 치거나 먼저 공격하지는 않지만 자신을 방어하기 위해서는 전쟁도 불사하는 용기와 힘을 가지고 적을 처단한다. 오뒤세우스가 이타카로 돌아와 그 동안 자신의 재산을 축내고 아내와 자식을 괴롭혔던 구혼자들을 큰 홀에 몰아넣고 한 명도 남김없이 죽여버리는 데서 작품은 절정에 달한다. 문제는 이 피비린내 나는 보복이 정당한가 하는 사회적 정의의 문제에 대해 고대 그리스인들은 '그렇다' 라고 오뒤세우스의 손을 들어주었다는 점이다.

『춘향전』에는 구전문학의 전통에서 갈고 닦인 우리 민족 특유의 기질과 정서가 담겨 있다. 한편으론 한스러운 삶의 상황을 끈질긴 기다림과 인내로 극복하고 이겨내는 의지력이요, 다른 한편으론 그것을 해학과 화해로 풀어내는 신명과 흥겨움의 긍정적 정서가 그것이다. 구전문학에 뿌리를 둔 우리의 옛 설화에 비극적이거나 체념적인 것이 별로 없다는 점을 돌아보아도 그 점을 쉽게 알 수 있을 것이다. 예를 들면 『심청전』이나 『흥부전』도 하나같이 어려운 상황을 이겨낸 후 흥겹고 풍성한 화해의 결말을 맺고 있지 않은가.

험난한 인생살이의 고귀한 모델

재미있는 것은 양쪽 이야기 모두 오랜만에 집에 돌아온 남편이 거지꼴로 변장해 주변 사람들의 반응을 관찰하고 시험하는 장면이 들어 있고, 그러한 상황이 클라이맥스를 향해 가며 묘한 긴장감과 흥분을 가중시킨다는 점이다. 거지 차림새로 돌아온 오뒤세우스를 페넬로페는 그들 침대가 만들어진 경위를 놓고 과연 자신의 남편이 맞는지 시험해 보는 치밀함을 보인다. 모진 시련을 겪으며 20년을 기다린 사람이 막상 나타났을 때 그를 선뜻 받아들이지 못하고 다시 한 번 확인해 보는 페넬로페의 심경이 읽히는 한편, 이 시험은 오뒤세우스에게 그녀가 얼마나 철저하고 조심스럽게 자신과 그의 자리를 지켜왔는가를 증명하는 이중의 의미를 담고 있다.

『춘향전』에서는 이 도령 쪽에서 행하는 시험이 두 번에 걸쳐 춘향에게 부과된다. 옥에 갇힌 채 어머니 월매와 함께 찾아온 거지 행색의 이몽룡을 맞는 춘향의 태도에서 이몽룡은 자신을 향한 지극한 마음을 확인한다. 그리고 어사출두 후 춘향을 공식적으로 아내로 맞아들이기 전에 또 한 번의 시험을 행한다.

거지 차림으로 돌아온
오뒤세우스와 페넬로페

민족적 기질이 다른 데서 오는 차이에도 불구하고 『춘향전』과 『오뒤세이아』에는 한 가지 중요한 공통점이 있다. 험난한 세상살이 속에서도 인생이, 그리고 사랑이 고귀하고 아름다울 수 있다는 것을 보여주고 있다는 점이다. 구전문학의 베일 뒤에서 집단 화자들은 이 기상 높은 남녀를 엄연한 삶의 현

오뒤세우스가 페넬로페에게 자신이 겪은 모험담을 들려주고 있다. 요한 하인리히 빌헬름 티슈바인의 그림

장으로 들여보내고, 주인공 스스로의 선택과 행위를 통해 인간적 존엄과 고귀함을 드러내도록 하고 있다.

그런데 이를 뒤집어 말하면 당연히 이루어져야 할 이들의 사랑과 행복이 현실 속에서는 그만큼 힘들다는 이야기도 된다. 신의를 지키기보다는 저버리는 것이 더 쉽고, 시련을 참고 견디기보다는 포기하고 안락함에 빠지고 싶은 욕구가 인간의 본성에 큰 자리를 차지하고 있기 때문이다. 『춘향전』과 『오뒤세이아』에서 두 쌍의 남녀가 보여주는 삶의 태도는 스스로의 진실에 의지해 자신의 삶을 지키고, 가장 인간적인 것을 통해 인간을 넘어서는 휴머니즘이라 할 수 있다.

독한 여자, 메데이아의 사랑과 복수

나쁜 여자, 사랑에 빠지다

근대 과학이 오늘날과 같은 학문의 모습을 갖추기 전 일반인들은 잘 모르는, 전문적인 지식을 활용하는 자들을 가리켜 남녀 불문하고 '마법사'라고 불렀다. 그래서 오늘날 화학자들처럼 다양한 물질을 가지고 실험을 했던 중세 연금술사들 또한 당시 사람들 눈에는 마법사로 비쳤고, 실제로 그렇게 불렸다.

그리스 신화에서 여자 마법사로는 키르케와 메데이아가 가장 유명한데, 둘 다 대단히 힘 있고 독립적이다. 또한 전통적 윤리관에서 많이 벗어나 있어 오늘날 우리가 통칭해서 '나쁜 여자'라고 부르는 속성을 뚜렷이 드러내 보인다. 재미있는 것은 그리스 신화에서 '악녀' 목록 일 순위에 드는 메데이아가 얼핏 현대 사회에서 남성들과 경쟁하며 제

자리를 찾고 지키기 위해 수단과 방법을 가리지 않는 당찬 여성의 모습을 보이고 있다는 점이다.

메데이아는 태양신 헬리오스의 아들인 콜키스 왕 아이에테스와 대양신 오케아노스의 딸인 이다이아 사이에 태어난 딸이다. 이다이아라는 이름은 메데이아와 마찬가지로 '교묘한', '빈틈없는'이라는 뜻을 가지고 있다. 자신의 섬으로 정찰을 하러 올라왔던 오뒤세우스의 부하들을 모두 돼지로 만들었던 키르케가 헬리오스의 딸이니 메데이아는 키르케의 조카딸이다. 그리고 키르케가 그랬듯이 메데이아는 마법을 관장하는 지하세계의 여신 헤카테를 섬겼다.

메데이아의 파란만장한 삶에서 빼놓을 수 없는 인물 중 하나가 그녀의 남편이었던 영웅 이아손이다. 이아손이 숙부인 펠리아스에게서 왕권을 돌려받기 위해 황금 양털을 찾아 아르고 원정대원들과 함께 콜키스로 갔을 때, 콜키스의 왕이자 메데이아의 아버지인 아이에테스는 그에게 감당할 수 없는 과제를 냈다. 코에서 불을 뿜는 황소에 쟁기를 매어 밭을 갈고 테바이를 건설한 카드모스처럼 용의 이빨을 그 밭에 뿌리라는 것이었다. 용의 이빨을 뿌리면 밭에서는 무장한 병사들이 솟아나와 공격하게 되어 있어 설사 불 뿜는 황소를 다룰 수 있다 해도 살아남을 길이 없었다.

독을 섞어 불을 만들고 있는 메데이아. 프레드릭 샌디스의 그림

한편 헤라는 자신에게 불경한 펠리아스

아르고 원정대의 승선. 로렌초 코스타의 그림

를 벌하려고 아프로디테를 시켜 메데이아가 이아손에게 반하게 만들었다. 절박한 이아손은 사랑의 눈빛을 보내오는 왕녀 메데이아에게 도움을 청하게 된다.

테세우스에게 반해 아버지 미노스 왕을 배신한 아리아드네가 그랬듯, 메데이아는 결혼 약속을 받고는 이아손을 도왔다. 불을 뿜는 황소에게서 화상을 입지 않을 수 있는 연고를 만들어주었고, 밭에 뿌린 용의 이빨에서 나오는 군사들을 무찌를 방법을 가르쳐주었으며, 아레스의 숲에서 황금 양털을 지키고 있는 용을 잠재워 이아손에게 죽일 수 있도록 해주었다.

그녀는 또 이아손이 황금 양털을 훔쳐 아르고 원정대원들과 함께 도망칠 때 남동생 압쉬르토스를 배에 태워 인질로 잡고 있다가, 아버지가 추격해 오자 동생의 몸을 토막 내어 바다에 던졌다. 아이에테스 왕이 아들의 시체를 거두는 동안 멀리 도망치기 위해서였다.

이아손의 배신과 메데이아의 복수

이아손과 메데이아는 파이아케스 족의 왕 알키노오스가 다스리는 나라에서 결혼해 자식들을 낳고 여러 해를 살다가 이아손의 고향인 이올코스로 돌아왔다. 메데이아는 그 동안 몹시 늙어버린 이아손의 아버지 아이손을 마법의 약초로 젊어지게 만들었다. 약초를 솥에 쪄서 그 진액을 아이손의 혈관에 흘려넣었다고도 하고, 약초를 넣은 솥에 아이손을 직접 넣고 쪄서 젊어지게 했다고도 한다.

메데이아와 황금 양털. 허버트 제임스 드레이퍼의 그림

펠리아스와 이아손. 기원전 5세기경의 그림

그런 다음 그녀는 이아손이 이올코스의 왕좌를 되찾을 수 있도록 펠리아스를 제거하는 일에 착수했다. 그녀는 그 옛날 아이손의 왕위를 빼앗았던 동생 펠리아스에게도 마법을 이용해 아이손처럼 젊어지게 해주겠다고 제안했고, 펠리아스의 딸들 앞에서 먼저 양으로 시험을 해 보였다. 늙어 꼬부라진 양을 토막 내 솥에 넣고 삶은 후 팔팔한 젊은 양을 꺼내 보이며 펠리아스의 딸들에게 아버지를 토막 내어 솥에 넣으라고 했다.

그렇게 해서 펠리아스는 죽었고 이아손은 왕위를 차지할 수 있게 되었다. 그러나 이 잔혹한 친족살해로 말미암아 이아손과 메데이아는 그들을 도왔던 헤라 여신에게서 버림받았고, 이올코스를 떠나야만 했다. 그들은 자식들을 데리고 코린토스를 향해 떠났다.

메데이아는 코린토스의 왕위에 오를 권리를 가지고 있었다. 그녀의 아버지 아이에테스가 거기서 태어나 한때 왕위에 있었기 때문이다. 이아손과 메데이아는 코린토스에서 한동안 잘 살았다. 그런데 코린토스의 왕 크레온이 자기 딸 크레우사(혹은 글라우케라고도 함)를 이아손과 결혼시키려 했고, 이아손은 메데이아에게 이혼을 요구했다. 남편을 사랑했고, 그를 위해서라면 지금까지 못할 일이 없었던 메데이아는 코린토스에서 추방당하게 되었다. 그녀는 출발 날짜를 하루 연기받은 후 배신에 대한 참혹한 복수를 준비했다.

누구도 거부할 수 없을 만큼 아름다운 신부 예복을 만들고 그 옷에 독을 묻힌 다음 결혼 선물이라며 다른 장신구들과 함께 크레우사에게 보냈고, 그 옷을 입은 신부는 독에서 일어난 불에 타서 죽었다. 크레온 왕도 딸을 구하려다가 옷에 불이 옮겨붙는 바람에 함께 타죽고 말았다. 이에 더해 메데이아는 그녀를 사람들의 뇌리에 잊을 수 없을 만큼 각인시켰던 마지막 복수를 감행한다. 이아손의 가슴을 찢어놓기 위해 그들 사이에서 난 자식들을 죽인 것이다.

메데이아의 자식 이름과 수에 대해서는 설이 구구하다. 어떤 설에 따르면 메데이아와 이아손 사이에는 메르메로스와 페레스 등 두 아들이 있었다고 하고, 다른 설에 의하면 테살로스, 알키메네, 티산드로스 등 세 아들이 있었는데 티산드로스만은 죽음을 면했다고도 한다. 모든 일을 끝낸 후 메데이아는 그녀의 할아버지이자 태양신인 헬리오스가 가지고 있던, 용이 끄는 마법의 날개 달린 수레를 타고 코린토스에서 도망쳤다.

아이게우스와의 재혼, 음모, 술수

무사히 코린토스를 빠져나온 메데이아는 아테나이로 갔다. 전에 그녀가 아테나이의 왕 아이게우스에게 은혜를 베푼 일이 있어 도움을 받기로 되어 있었기 때문이다. 거기서 메데이아는 아이게우스와 결혼하여 아들 메도스를 낳았다. 훗날 테세우스가 아이게우스의 아들로서 아테나이로 왔을 때 아이게우스는 그를 몰라보았지만 메데이아는 단번에 알아보았다.

그녀는 계략을 써서 아이게우스로 하여금 테세우스에게 악의를 품게 만들었고, 당시 온 마라톤 벌판을 공포로 몰아넣었던 사나운 미노스의 황소와 싸우도록 만들었다. 테세우스가 황소를 퇴치하자, 이번에는 그에게 독주를 마시게 해 죽이려 했다. 그러나 아이게우스는 테세우스가 자신이 옛날 트로이젠에 신표로 남기고 온 칼을 지니고 신발을 신고 있는 것을 보고는 아들임을 알아보았고, 아들이 들고 있는 독이 든 술잔을 쳐서 떨어뜨렸다.

독살 음모가 발각되자 메데이아는 아들 메도스를 데리고 도망쳐 다시 그녀의 고향인 콜키스로 돌아갔다. 메데이아는 아들을 먼저 콜키스에 들여보냈는데, 그 사이 아이에테스를 죽이고 왕위에 올라 있던 페르세스는 메도스를 잡아 감옥에 가두었다. 그는 아이에테스의 자손이 자기를 죽일 것이라는 신탁을 믿고 있었다. 메도스는 자신이 코린토스 사람으로 크레온의 아들 히포테스라고 거짓으로 신분을 밝혔지만 페르세스는 그를 아이에테스의 자손으로 의심했던 것이다.

그해 콜키스에 흉년이 들었다. 메데이아는 아르테미스 여신을 섬기

이아손과 메데이아. 귀스타브 모로의 그림

는 여자 신관으로 가장하고 콜키스에 들어가 페르세스에게 제안했다. 감옥에 갇혀 있는 소년을 죽이는 의식을 자기가 주관하도록 해주면 가뭄을 없애주겠노라고 했다. 메데이아는 자기 아들을 직접 보기 전까지는, 스스로 크레온의 아들임을 자처하는 메도스의 말을 믿고 그를 죽이려 했다고 한다. 그 동안 자신이 크레온의 가족에게 많은 해를 끼쳤기 때문에 그렇게 하지 않으면 복수 당할 것이라고 생각했기 때문이다.

그녀는 주도면밀하게 의식을 계획했고, 의식을 치르던 중에 그 젊은이가 바로 자기 아들이라는 사실을 알게 되자 그에게 칼을 건네주었다. 메도스는 그 자리에서 돌아서서 페르세스를 찔러 죽임으로써 외할아버지 아이에테스 왕의 원수를 갚았다. 그후 왕위에 오른 메도스는

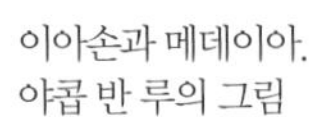
이아손과 메데이아. 야콥 반 루의 그림

메데스(메데이아)의 땅을 정복하고 그곳에 자기 이름을 붙였다.

한편 메데이아는 절세의 미녀 헬레나가 그랬듯, 죽지 않고 엘뤼시온으로 가서 아킬레우스와 결혼했다는 전설이 있다.

나쁜 여자 혹은 지능형 인간

메데이아에게서 두드러지는 특성은 그녀가 마법에 능하고, 냉철하며, 대단히 용의주도한 인물이라는 사실이다. 이아손과 아르고 원정대원들은 그녀의 도움이 없었다면 아마 황금 양털을 손에 넣지 못했을 것이다.

실제로 메데이아는 황금 양털을 얻어 돌아오는 이아손과 아르고 원정대의 모험 이야기에서 조연이라기보다는 오히려 중심에서 모든 것을 지휘하고 이끄는 주연 같은 느낌을 주고 있다. 영웅 이아손은 그녀를 만난 후로는 치밀하게 알아서 챙겨주기 때문에 모든 것을 그저 앉아서 받는 팔자 좋은 남편의 역할로 돌아섰다가, 사랑을 배신하고, 처참하게 복수 당하고, 결국 모든 것을 잃고 마는 신의 없는 남자로 전락하고 있기 때문이다.

반면 메데이아는 고대 가부장 사회에서 이용당하고, 배신당하고, 울며 쫓겨다니는 수동적인 여인의 운명을 완전히 뒤집어놓고 있다는 점에 눈길이 간다. 그럴 수 있었던 데에는 그녀가 그만한 실력과 능동성을 갖추고 있었기 때문이라는 점을 간과할 수 없을 것이다. 교묘하고 빈틈없는 메데이아는 콜키스에서의 탈출이든, 이올코스에서의 왕권

회복이든, 코린토스에서 배신한 남편에 대한 복수에서든, 아테나이에서의 재혼이든, 다시 콜키스로 돌아가 아들을 왕으로 세우는 일이든 한치의 오차 없이 성공시킨다.

추격해 오는 아버지를 따돌리기 위해 동생의 시체 토막을 바다에 던지는 일이나, 남편의 왕권 탈취를 위해 딸들에게 제 아버지를 토막 내게 하고 솥에 삶아 죽인 일, 배신한 남편에 대한 복수로 독에 담근 옷을 보내 새 신부와 그 아버지를 죽이고 또 제 손으로 제 자식들을 죽이고 도망친 일들은 역사적으로도 그 유례를 찾기 힘들 만큼 잔혹한 일이다. 독자들은 그녀가 그런 일을 통해 과연 행복해졌는가를 짚어보아야 하리라.

하지만 메데이아의 이야기는 인간 심리를 무섭도록 정확하게 꿰뚫어본다. 목적을 위해서는 무슨 일이든 주저 없이 행동에 옮기는 지능적인 인간의 무자비함과 철저함을 유감없이 보여주고 있기 때문이다. 자신과 아들인 메도스의 자리를 지키려고 아버지를 찾아온 테세우스를 독살하려 한 일이나, 아들을 데리고 콜키스로 돌아와 철저한 계획 아래 아이에테스의 원수를 갚고 메도스를 왕위에 앉힌 일 또한 같은 맥락으로 볼 수 있다.

자식들을 죽이는 메데이아. 외젠 들라크루아의 그림(위)

아르고 원정대원들의 귀환. 귀스타브 모로의 그림(맞은편)

문제는 메데이아라는 이 여자 마법사가 하나의 인간 유형을 나타내고 있으니, 지능에서는 그녀를 따라갈 자가 없되 인간을 인간답게 만드는 따뜻한 가슴이 결여되어 있는 인물이라는 점이다. 그렇게 보면 신화가 전하는 진실은 참으로 무섭고 참혹하다. 이러한 유형의 인간이 그 누구보다 길게 살아남는다는 사실을 함께 전하고 있기 때문이다. 온 세상을 전쟁과 죽음의 도가니로 몰아넣었던, 그러나 그 아름다움으로 인해 거의 불멸이 되어버린 헬레나처럼, 이 교묘하고 빈틈없는 메데이아도 시간의 저편 엘뤼시온으로 건너가 아킬레우스의 아내가 되었다지 않은가.

두려움 없는 사랑,
에로스와 프쉬케

사랑의 법칙

에로스의 기원에 관해서는 두 가지 설이 있다. 헤시오도스에 따르면, 에로스는 하늘과 땅이 생겨날 때부터 이미 존재해 하늘의 신 우라노스와 땅의 여신 가이아를 맺어주고, 그 사이에서 난 신들의 사랑을 관장했던 신이다. 즉 생식의 힘을 의인화한 신이다. 그러나 우리에게 잘 알려진 '사랑의 신' 에로스는 관능과 아름다움의 여신 아프로디테와 전쟁의 신 아레스의 아들로 장난치듯 활을 쏘아 눈먼 사랑을 불붙이는 미소년으로 그려지고 있다. 성적인 사랑에 대한 고대인들의 상상과 이미지가 다양했다는 이야기다.

에로틱한 사랑에 깃든 관능의 힘과 무분별한 폭력성은 오늘날에도 충분히 입증되고 있으니, 에로스가 왜 아프로디테와 아레스의 자식으로 나오는지는 어렵지 않게 짐작할 수 있을 것이다. 에로스가 쏘는 금 화살을 맞으면 처음 보는 상대를 무조건 사랑하게 되고, 납 화살을 맞으면 이유 없이 혐오하게 된다는 이야기 또한 성적인 이끌림과 거부감이라는 알 수 없는 심리현상을 반영하고 있다고 볼 수 있다.

사랑의 신, 에로스. 카라바조의 그림

프쉬케('영혼' 이라는 뜻)와의 사랑 이야기는 그런 에로스가 철부지 소년의 티를 벗고 속 깊고 의젓한 남편으로 성장하는 과정을 보여준다. 이 이야기에는 '고부 갈등' 을 비롯해 '시기', '의심', '이별', '시련', '영원한 결합' 등 사랑과 결혼에 얽힌 인간사의 다양한 측면이 고스란히 드러난다. 그러나 이러한 과정들과 더불어 주목할 만한 점은 '성적인 사랑' 의 진정한 짝은 '영혼' 으로, 이 둘이 하나가 되었을 때 비로소 사랑은 성숙하며 영혼은 '불멸의 경지' 에 들게 된다는 숨겨진 메시지이다.

사랑의 신이 사랑에 빠져

옛날 어느 왕에게 세 딸이 있었다. 세 공주가 모두 아름다웠지만, 그 중에서도 특히 막내 프쉬케가 유난히 아름다워 널리 찬탄의 대상이 되었다. 그러나 무엇이든 지나치면 화를 부른다는 옛 말이 틀리지 않았던지 그녀의 아름다움에서 무언지 가까이 다가갈 수 없는 경외감을 느낀 청년들은 청혼을 하는 대신 그녀를 멀리서 바라보며 숭배할 뿐이었다. 그래서 두 언니들이 모두 결혼을 해 떠난 뒤에도 그녀는 오래도록 홀로 아버지 곁을 지켜야 했다.

한편 프쉬케의 아름다움이 아프로디테 여신을 능가한다는 소문이 돌며 여신의 신전을 찾는 사람들이 줄어들자 당황하고 노한 여신은 궁리 끝에 아들 에로스를 불렀다. 당장 가서 자신의 명성에 먹칠을 하는 저 괘씸한 프쉬케에게 화살을 쏘아 아주 추한 상대와 사랑에 빠지게 해 웃음거리로 만들라는 것이었다. 재미있는 것은, 그렇다면 사람들이 보기에 '영혼(프쉬케)' 이 '관능(아프로디테)' 보다 더 아름다웠다는 이야기 아닌가.

에로스는 화살통을 메고 쏜살같이 프쉬케에게 날아갔다. 프쉬케는 깊이 잠들어 있었다. 어찌나 달게 자고 있는지 자고 있는 얼굴을 가볍게 건드려 보았지만 깨어나지 않았다. 그러나 잠든 프쉬케를 바라보고 있던 에로스는 이제껏 한 번도 느껴보지 못한 이상한 울렁거림을 맛보았다.

손에는 그녀에게 쏘아야 할 금화살을 들고 있었는데, 아주 가까이에서 그녀를 보고 있는 그로서는 활시위를 매길 필요도 없었다. 그저 그녀를 화살촉으로 살짝 건드리는 것만으로도 효과는 충분할 것이기 때문이었다. 그런데 그는 어머니가 시킨 일을 이행하지 못했다. 신화 이야기꾼들은 에로스가 프쉬케의 아름다움에 홀려 허둥거리다 들고 있던 금 화살촉으로 제 몸을 스쳤다고 한다. 잠든 프쉬케를 정신없이 바

에로스와 프쉬케. 프랑수아 제라르의 그림

라보고 있었으니 그가 스스로 사랑에 빠지고 말았다는 이야기를 달리 표현한 것이리라.

프쉬케의 방에서 돌아온 에로스는 이미 예전의 에로스가 아니었다. 자신의 화살촉에 찔린 상처 때문에든, 가슴 속에서 아프고도 달콤하게 솟아오르는 그리움 때문에든, 그는 이제 프쉬케가 보고 싶어 견딜 수 없게 되었다. 저밖에 모르고 제 멋대로 굴던 에로스의 몸과 마음은 자라기 시작했다. 이 일을 어찌해야 할지 고심하던 에로스는 델포이 신전으로 아폴론을 찾아가 다음과 같은 신탁을 내려달라고 부탁했다. 프쉬케는 인간 남자를 남편으로 맞을 운명이 못 되니, 신부로 치장을 해 피테스 산 절벽에 데려다 놓으면 무서운 괴물이 나타나 아내로 데려갈 것이라고 예언해 달라는 것이었다.

괴물의 신부가 되어

에로스의 예상은 적중했다. 나이가 찼는데도 구혼자가 없자 왕은 혹시 프쉬케가 자기도 모르는 사이에 신의 노여움을 샀는지도 모른다고 생각해 은밀히 아폴론 신전으로 사람을 보내 신탁을 물어보았다. 왕은 퓌티아가 전하는 아폴론의 신탁을 전해 듣고 무척 놀라고 상심했지만 어쩔 수 없는 일이라 여기고는 딸을 불러 신탁 이야기를 했다. 프쉬케는 의외로 담담하게 상황을 받아들이며 오히려 늙은 아버지를 위로했다. 자신의 운명을 받아들이고 바위산 꼭대기로 가겠다는 것이었다.

왕은 눈물을 머금고 혼례 준비를 갖춰 프쉬케와 결혼 행렬을 피테스

산으로 떠나보냈다. 즐거워야 할 결혼 행렬이 얼마나 무겁게 가라앉았던지 마치 장례 행렬을 연상시켰다.

드디어 행렬이 산정에 이르렀는데 괴물이라는 신랑은 어디에도 보이지 않았다. 행렬을 따라왔던 사람들은 무섭고 겁이 나서 프쉬케를 산정에 남겨두고는 서둘러 산을 내려가 버렸다. 그러자 산 위에서 혼자 두려움에 떨며 기다리던 프쉬케를 서풍 제퓌로스가 가볍게 실어 골짜기에 있는 아름다운 성으로 데려갔다. 지쳐 풀밭에서 잠이 들었다가 깨어보니 호화로운 정원에 누워 있는 것이 아닌가. 궁전 안으로 들어가자 사람은 보이지 않고, 음성들이 그녀를 안내하며 자신들은 그녀의 하인들이라고 알려주었다.

그렇게 계속 놀라운 일들이 벌어지며 낮이 지나고 밤이 되었다. 프쉬케는 자기 옆에 누군가 있다는 것을 느꼈다. 바로 신탁이 말한 남편이었다. 모습은 보이지 않았지만 생각했던 것처럼 괴물은 아닌 것 같

프쉬케의 결혼 행렬. 분위기가 무거워 마치 장례 행렬 같다. 에드워드 번 존스의 그림

은 느낌이었다. 그날부터 프쉬케는 모습과 정체를 알 수 없는 다정한 남편과 함께 부귀영화를 누리며 살게 된다. 물론 남편은 밤에만 머물고 갔다. 그렇게 낮이면 보이지 않는 음성들의 시중을 받으며 혼자 지내고, 밤이면 남편이 찾아오는 날들이 지나갔다.

첫날밤 얼굴 모르는 신랑이 그녀에게 일러준 말은 이랬다. 자신이 누구인지 어떤 모습을 하고 있는지 알려 하지 않는 한 그녀는 모든 것을 누리며 자기와 함께 평화롭고 행복하게 살 것이나, 이를 어기면 그녀가 낳는 아이는 원래 제 몫으로 주어진 불멸성을 잃게 되리라는 것이었다. 프쉬케는 얼굴 모르는 다정한 남편을 진심으로 사랑하게 되었

등잔을 켜들고 잠든 에로스를 바라보는 프쉬케. 루벤스의 그림

프쉬케를 떠나는 에로스,
프랑수아 피코의 그림

지만, 적적함 때문에 샘 많은 두 언니를 궁전으로 불렀다가 이 금기를 범하고 만다.

별로 내켜하지 않는 남편을 졸라 허락을 받아내자 서풍 제퓌로스는 두 언니를 성으로 데려왔다. 동생이 자기보다 더 호화롭게 잘 사는 것을 본 언니들은 많은 것을 꼬치꼬치 캐물었고, 프쉬케가 남편의 얼굴을 한 번도 본 적이 없다는 사실과 그가 행복의 조건으로 제시한 금기까지도 알아내고야 말았다.

그녀들은 동생에게 금기를 깨게 하려고 그 정체불명의 신랑이 뱀이 되어 프쉬케의 뱃속으로 들어가 아이를 죽일지도 모른다고 부추겼다. 남편의 정체를 밝히고 위험한 괴물이면 죽이라는 언니들의 조언을 프쉬케는 선뜻 받아들이지 못하고 갈등했다. 남편을 사랑하고 있었기 때문이다. 그러나 결국 그가 누구인지 알고 싶은 호기심을 누르지 못하고 밤에 몰래 등잔을 켜 곁에서 잠든 남편을 비추어 보았다. 그런데 이게 웬일인가. 거기엔 괴물이 아니라 녹을 듯이 달콤한 사랑의 신 에로스가 날개를 접고 잠들어 있었다. 그 모습이 너무도 아름다워 차마 눈길을 떼지 못하고 정신없이 바라보던 프쉬케는 그만 등잔의 뜨거운 기름 한 방울을 그의 어깨에 떨어뜨리고 말았다.

깨어나 상황을 알아차린 에로스는 분노와 슬픔이 엇갈리는 복잡한 표정을 짓더니 말없이 창밖으로 날아가 버렸다.

프쉬케, 사랑에 목숨 걸다

이제 잃어버린 사랑을 다시 찾으려는 프쉬케의 고된 시련이 시작되었다. 에로스를 찾아 온 헬라스 천지를 헤매던 프쉬케는 마침내 시어머니 아프로디테의 궁전에 다다르게 되었다. 그러지 않아도 미워죽겠는 판에 자기 아들에게 마음의 상처까지 안겨준 프쉬케를 어떻게 벌할지 궁리하던 아프로디테는 그녀를 받아들여 함께 살며 모진 고생을 시키기로 작정했다.

프쉬케는 질투심에 찬 시어머니가 내는 어려운 과제들을 주변의 도움으로 하나씩 풀어간다. 창고에 쌓인 곡식들을 모두 한데 섞어놓고, 그것을 하룻밤 사이에 종류별로 나누어 놓으라는 과제에는 개미들이 나서서 도와주었고, 사람을 해치는 무서운 양들의 털을 가져오라는 주문에는 갈대가 속삭이며 방법을 알려주었다. 양들이 낮잠이 드는 오후에

덤불에 흩어져 있는 털들을 모으면 된다고 가르쳐준 것이다. 세 번째 과제는 아르카디엔의 깊은 산 속을 흐르는 스틱스 강에서 물을 길어오라는 것이었다. 그러자 이번에는 독수리 한 마리가 나타나 그녀를 도와 물을 길어다 주었다.

아프로디테에게 구박과 시련을 당하는 프쉬케. 모리츠 폰 슈빈트의 그림

인간의 힘으로는 감당할 수 없는 일들을 해내는 프쉬케에게 놀라며 아프로디테가 낸 마지막 과제는 저승의 왕비 페르세포네에게 가서 아름다움을 빌려오라는 것이었다. 산 사람에게 저승을 다녀오라는 이 과제는 죽으라는 소리나 마찬가지임을 프쉬케는 잘 알고 있었다. 이제 여기까지 와서 사랑하는 이를 포기하든지 아니면 죽음의 길로 들어서든지 하나를 선택할 수밖에 없었다. 그녀는 저승에 가기로 마음을 굳혔다. 에로스가 없는 삶이란 이제 자신에게 삶이라 할 수도 없음을 스스로 잘 알고 있기 때문이었다. 저승에 가려면 죽어야 한다고 생각한 프쉬케는 높은 탑 위로 올라가 거기서 뛰어내리려고 했다. 그때 탑에서 알 수 없는 목소리가 들려와 그녀에게 저승으로 가는 방법을 자세히 알려주었다.

자신을 찾아온 프쉬케에게 자초지종을 들은 페르세포네는 잘 차린 식탁으로 안내해 그녀에게 자리를 권하며 앉아서 식사를 하라고 했다.

저승의 뱃사공 카론과 프쉬케

하지만 프쉬케는 자신이 그 호화로운 음식상을 받을 처지가 아니라고 생각해 의자에 앉는 대신 바닥에 앉아 허기를 면할 만큼의 빵만 먹었다. 프쉬케의 겸손한 태도에 마음이 움직인 페르세포네는 봉인한 상자 하나를 건네주며 그것을 아프로디테에게 전하되 절대로 도중에 열어봐서는 안된다고 일렀다.

그때까지 프쉬케의 모든 행동을 지켜보았던 에로스는 제우스 신을 만나러 올림포스로 올라갔다. 자신이 어머니의 명을 어긴 것을 비롯해 그간의 모든 일을 고백하고, 프쉬케를 공식적으로 아내로 맞게 해달라고 간청했다. 제우스는 허락했다.

한편 상자를 가지고 지상으로 돌아온 프쉬케는 아프로디테의 궁전이 가까워질수록 상자 안이 궁금해 견딜 수가 없었다. 게다가 에로스의 사랑을 되찾고 싶은 마음이 간절했기에 상자 안에 든 아름다움을 조금만 가진다면 그의 마음을 돌리는 데 큰 도움이 될 거라는 생각을 떨칠 수가 없었다. 그녀는 조심스럽게 상자를 열었다. 그러나 그 안에서 나온 것은 죽음과도 같은 깊은 잠이었다. 프쉬케는 혼자서는 깨어나지 못할 저승의 잠에 빠져들었다.

호기심을 참지 못하고 상자를 열어보는 프쉬케. 존 윌리엄 워터하우스의 그림

제우스의 결혼 허락을 받고 달려온 에로스는 길가에 잠들어 있는 프쉬케를 깨워 천상으로 데리고 올라갔다. 신들의 축복 속에 결혼식이 치러졌고, 그때쯤엔 아프로디테의 마음도 상당히 풀려 있었다. 제우스는 손수 신들의 음료인 넥타르를 잔에 따라 주었고 그것을 마신 프쉬케는 불멸의 존재가 되었다. 에로스와 프쉬케는 볼룹타스('기쁨'이라는 뜻)라는 이름을 가진 예쁜 딸을 낳았다.

진정한 사랑의 이중주

에로스와 프쉬케의 이 동화 같은 이야기를 읽으며 어디선가 많이 들어본 듯한 이야기라고 생각되지 않는가. 이 신화에는 우리가 너무도 잘 아는 「미녀와 야수」 모티프가 중심을 이루고 있고, 재투성이 신데렐라가 계모 밑에서 학대받는 이야기가 섞여 있으며, 저승 왕과 왕비를 감동시켜 원하는 것을 얻어 돌아오다가 금기를 어기는 오르페우스의 모티프가 들어 있다.

그러나 이러한 중복 현상은 신화가 근본적으로 알레고리라는 점을 감안하면 오히려 당연한 일이라 할 수 있다. 프쉬케는 '영혼'이라는 보

저승의 깊은 잠에 빠진 프쉬케와 에로스. 반 다이크의 그림

이지 않는 힘의 작용을 의인화시켜 그 모습과 행동을 그려낸 것이고, 에로스 또한 성적인 '사랑'을 청년의 모습으로 표현한 것에 다름아니니, 섞여든 세 이야기 모두 사랑과 영혼의 문제를 다루고 있는 한 겹칠 수밖에 없는 것이다. 신화의 진실과 보편성이 드러나는 부분이다.

막강한 힘을 지닌 성적인 '사랑'의 에너지는 '영혼'의 아름다움이 깃들 때에야 비로소 성숙하게 자라나고 참된 '기쁨'을 얻을 수 있다는 메시지 외에도 이 신화에는 또다른 깊은 뜻이 담겨 있다. 인간의 '영혼'은 그 자체로 이미 아름답지만, 못 말리는 호기심을 속성으로 가지고 있으며, 제 속에 '사랑'을 품을 때에야 비로소 '기쁨'을 얻고 신적인 경지에도 이를 수 있다는 가르침이다. 문제는 프쉬케가 그 '사랑'을 얻기까지 겪어야 했던 시련의 과정이다.

영웅의 모험이나 구도자의 순례를 연상시키는 그 고된 시련과 결국 죽음을 무릅써야 했던 그녀의 여정이 알려주는 바는 우리네 삶에서 '사랑'이든 '기쁨'이든 어느 것 하나도 그냥 주어지는 것이 아니라는 인생의 진실이다. 그렇다면 이 신화는 우리에게 아주 소중한 가능성을 열어 보인다. 우리가 현재 겪고 있는 아픔이나 고난이 크게 보면 진정한 사랑의 '기쁨'을 향한 순례의 길일 수도 있다는 사실이다.

조각상을 사랑한 남자,
퓌그말리온

마음에 그리는 여인상을 내 손으로 깎아

자신이 깎아낸 조각상을 진심으로 사랑해 결국 그 무생물에 생명을 불어넣게 되는 남자 이야기가 사랑의 한 패턴을 그려 보이며 그리스 신화에 등장한다. 퓌그말리온이라는 이름을 가진 이 조각가의 이야기는, 구조는 비교적 단순하지만 시공을 뛰어넘어 우리네 삶에 적용되는 심리적 원형을 보여준다.

퓌그말리온은 바다의 거품에서 태어난 사랑과 미의 여신 아프로디테가 조개껍질을 타고 밀려와 닿았다는 퀴프로스 섬의 사람이었다. 신화의 다양한 출처 중에는 그가 퀴프로스의 왕이었다고 전하는 곳도 있다.

어쨌든 그는 예술적인 재능은 출중했지만 난쟁이라는 뜻을 지닌 그의 이름이 말해주듯 키도 작고 외모도 볼품없었다. 그러나 예술적 안목이 있었던 만큼 이성에 대한 기대치가 여러 모로 상당히 높았다. 매우 아름답지만 문란하기도 한 아프로디테 여신을 섬기는 섬이어서 그랬는지 그가 본 주변의 여인들은 모두 너무 자유분방해 퓌그말리온으로 하여금 여성에 대해 회의를 느끼게 만들었고, 그는 차라리 아내 없이 혼자 살기로 마음을 굳혔다.

그러나 아무리 독신주의자라도 이성에 대한 꿈마저 완전히 버릴 수는 없는 일. 너무 외로웠던 그는 자신이 원하는 여인의 이미지를 상아로 깎아 옆에 두고 몹시 마음에 들어하며 밤이고 낮이고 바라보았다. 그는 이 조각상에 '갈라테이아'라는 이름을 붙여주었는데, 갈라테이아 또한 아프로디테처럼 바다에서 태어나 조개껍질로 만든 수레를 타

조각상을 깎아놓고 바라보고 있는 퓌그말리온. 에드워드 번 존스의 그림

고 다녔던 여신의 이름인 것을 감안하면, 그가 필시 아프로디테 같은 아름다움을 염두에 두고 여인의 모습을 조각했으리라는 것을 짐작할 수 있다.

아낌없는 사랑을 주고

로마의 시인 오비디우스가 묘사해 놓은 것을 보면 이 상아로 만든 처녀를 대하는 퓌그말리온의 태도는 사랑에 빠진 남자가 연인에게 하는 것 그대로이다. 그는 상아 여인상을 애틋하게 바라보고, 다정하게 말을 걸고, 쓰다듬고 안아주고, 오며 가며 살짝 키스도 한다.

외출했다 집으로 돌아올 때면 처녀들이 좋아할 만한 온갖 꽃들과 귀여운 새, 예쁜 조개껍질, 특이하게 생긴 조약돌, 나무에서 흘러내려 아름답게 응고된 호박 같은 것들을 가져다 앞에 놓아주었다. 상아 처녀에 대한 그의 정성과 열정은 거기서 그치지 않았다. 철따라 멋진 옷을 해입히고 목걸이와 귀걸이를 달아주었으며, 손가락에는 보석 반지를 끼워주었다.

상아 처녀는 그렇게 차려입히자 매력적으로 잘 어울렸다. 그래도 밤이 되면 그는 벗은 모습이 더 아름답다며 부드러운 시트를 깔고 침대에 뉘어주었고, 머리에는 폭신한 베개까지 받쳐주었다. 그리고는 "나의 신부", "나의 아내"라고 부르며 꼭 끌어안고 잠들곤 했다.

아프로디테의 축복을 받은 남자

시간이 흐를수록 조각상에 대한 그의 정은 더욱 깊어갔다. 매년 4월이면 아프로디테 여신을 기리는 축제가 열렸는데, 이때를 기다려 퓌그말리온은 아프로디테 여신의 신전을 찾아가 정성껏 제물을 바치고 소원을 빌었다. 제단 앞으로 다가가 작은 목소리로 더듬거리며, "그리 하실 수 있다면, 바라오니 제 아내가 되게 해주십시오"라고 빌었다. 그는 차마 "제 상아 처녀가"라고는 말하지 못하고, 대신 "제 상아 처녀를 닮은 여인이" 그리 되게 해달라고 기도했다.

자신에게 바치는 축제의 제물을 흠향하러 그 자리에 와 있던 아프로디테 여신은 그렇게 말하는 그의 본마음을 알아차렸고, 제단의 향불을 세 번 높이 치솟게 함으로써 호의를 나타냈다.

아프로디테 여신에게 기도하고 있는 퓌그말리온. 장 르뇨의 그림

집으로 돌아온 퓌그말리온은 늘 하듯 누워 있는 상아 처녀의 입술에 키스했다. 그런데 이게 웬일인가. 그 차갑던 상아 입술에 따뜻한 온기가 느껴지는 것이었다. 이상하다 생각하며 다시 가슴을 만져보았더니 어찌된 일인지 딱딱했던 상아가 밀랍처럼 말랑말랑했고 손끝에 심장의 고동이 느껴졌다. 감격한 그는 아프로디테 여신에 대한 찬미를 폭포수처럼 쏟아내며 상아 처녀가 눈을 떠 그를 바라보고 얼굴을 붉힐 때까지 정신없이 키스를 퍼붓고 또 퍼부었다.

이들의 결혼식에는 아프로디테 여신이 직접 내려와 축복을 베풀었고, 퀴프로스 섬 사람들은 그로부터 아홉 달 뒤에 태어난 그들의 딸 이름을 따서 항구 이름을 파포스로 지었다고 전해진다.

신화에는 신의 눈에 들어 그 축복과 은총을 받는 사람들의 이야기가 나온다. 페르세우스와 오뒤세우스가 지혜의 여신 아테나의 은총을 받은 자들이었다면, 퓌그말리온은 아프로디테의 은총으로 외롭고 적막한 자신의 삶에 사랑과 아름다움을 생생하게 살려낸 사람이었다. 신화가 늘 비유적으로 이야기를 한다면, 독자가 할 일은 그 비유의 행간에서 고대인들이 스스로의 체험을 통해 삶의 법칙으로 파악한 것을 읽어내는 일이다. 그렇다면 퓌그말리온이 아프로디테 여신의 눈에 들어 그 힘을 끌어올 수 있었던 요인은 무엇이었을까?

분명히 지적할 수 있는 것은 고집스런 노총각 퓌그말리온이 제 사랑에 충실하고 지극했다는 사실이다. 상대방의 있는 그대로를 받아들이는 것이 사랑의 이상이라고는 해도 연정이란 본질적으로 인간이 제 영혼 속에 자리잡고 있는 이미지가 누군가에게 투영된 것을 보고 일으키는 감정이다. 여성의 아름다움에 대한 취향이 까다로웠던 퓌그말리온

퓌그말리온과 갈라테이아. 루이 고피에의 그림

은 마음에 드는 상대를 찾지 못하자 자신이 그리고 있는 마음 속 여인의 이미지를 제 손으로 직접 깎아낸다. 그렇다면 그가 자신의 조각상에게 반하고 빠져드는 것은 당연한 일 아니겠는가.

정신분석학자 융의 용어를 빌리자면 이 조각상은 퓌그말리온의 '아니마(anima)' 이다. '아니마' 는 그리스어로 '영혼' 이라는 뜻이고, 조각상 갈라테이아는 바로 그의 영혼이 품고 있는 '여성 이미지' 인 것이다.

축복의 조건

더 중요한 것은 그 다음 단계이다. 그가 이 상아 처녀를 제 이기적 욕망의 제물이나 수단으로 삼은 것이 아니라 산 사람을 대하듯 인격을 부여하고 정성을 다해 사랑했다는 점이 그것이다.

사랑에 있어서 이기심은 치명적인 독이다. 모든 사랑에서 그 진정성을 가늠할 수 있는 것은 각자 제 이기심을 얼마나 극복했느냐의 문제이다. 자율성이 없는 상아 조각상으로서 물건이나 마찬가지였기 때문에 제 마음대로 할 수 있는 상황이었지만 퓌그말리온이 상아 처녀를 대하는 태도와 배려하는 마음은 섬세하고 다정하고 지극하다. 퓌그말리온의 감성과 마음 씀씀이를 마다할 여성이 있을까.

이 이야기의 정점은 상아 처녀가 생명을 지닌 여인이기를 바라는 퓌그말리온의 간절한 기도이다. 아프로디테의 은총을 받았다는 것은 그가 아름다움과 사랑을 차지할 만한 자격을 갖추었음을 뜻한다. 못생겼다는 약점에도 불구하고 그에게는 아름다움에 대한 감각과 그 아름다

아프로디테의 손길이 닿아 조각상이 생명을 얻는 순간을 그린 에드워드 번 존스의 그림

움을 실제로 다듬어낼 수 있는 능력, 섬세한 감성과 더불어 진실한 마음으로 그것에 생명을 불어넣고 가꾸어갈 수 있는 내적 힘이 있었던 것이다.

신화 이야기에는 원인 없는 결과가 없다. 퓌그말리온의 이야기는 사람이 내적으로 어떤 상태에 이르렀을 때 사랑과 아름다움의 축복을 누릴 수 있는지를 보여주고 있다.

퓌그말리온의 현대적 부활, 「마이 페어 레이디」

영화와 뮤지컬로 유명한 「마이 페어 레이디(My Fair Lady)」는 바로 이 퓌그말리온의 모티프를 빌려 쓰고 있다. 성미 까다로운 노총각 언어학자 히긴스 교수는 언어가 지닌 힘에 대해 친구와 토론을 하다가 서로 의견이 갈리자 내기를 하게 된다. 무식하고 천한 여자를 언어 교육을 통해 귀부인으로 만들 수 있는가 하는 문제였다. 내기에 이기기 위해 히긴스 교수는 거리에서 꽃을 파는 처녀 일라이자를 집으로 데려와 훈련을 시킨다.

갈라테이아와 퓌그말리온. 브론치노의 그림

사투리에 천박한 말을 거침없이 쓰는 일라이자는 돈을 받기로 하고 히긴스 교수의 혹독한 언어 훈련을 통해 상류사회의 표현과 예절을 익히며 귀부인으로의 변신을 시작한

다. 괴팍하고 까다로운 노총각 학자와 가난하고 배운 것 없지만 올곧고 자존심 강한 하층민 처녀는 차츰 서로 익숙해지며 하나의 이상을 향해 나아가게 된다. 히긴스 교수가 꿈꾸는 완벽한 요조숙녀로 변신하는 일이 그것이었다. 옷 입는 법, 인사하는 법, 걷는 법, 말하는 법 등 웬만큼 훈련이 되었다고 여겼을 때 히긴스는 런던의 상류사회 사람들이 모이는 경마장으로 일라이자를 데려가 그 동안의 훈련 결과를 점검한다.

영화 「마이 페어 레이디」 포스터. 원작 희곡의 제목이 「퓌그말리온」이다.

귀부인 행세를 해내지만 정체가 탄로날 여지가 아직 많다는 것을 확인한 히긴스는 집으로 돌아와 다음 단계의 숙녀 수업에 박차를 가한다. '귀부인 만들기' 프로젝트의 최종 실험장으로 정한 왕실 무도회 날짜가 얼마 남지 않았기 때문이었다.

드디어 무도회 날, 모든 치장을 마치고 일라이자가 나타났을 때 여왕과 외국의 왕자를 비롯해 왕궁에 모인 사람들은 모두 그녀의 아름다움에 놀라고 매혹된다. 외모, 말씨, 태도 어느 하나 나무랄 데 없이 완벽하게 아름답고 우아한 이 아가씨가 도대체 어느 나라 공주인지, 어느 귀족 가문의 딸인지 궁금해 여기저기서 은밀한 소동이 일어난다. 히긴스 교수의 실험은 대성공을 거둔 것이다.

그런데 문제는 그 다음이었다. 내기를 했던 친구와 히긴스가 나누는 대화를 우연히 엿듣게 된 일라이자는 모든 것이 자신을 대상으로 한 실험에 지나지 않았다는 것을 알게 된 것이다. 자신도 모르는 사이에 히긴스에게 익숙해져 버렸고, 그가 자신을 하나의 인격체로 대하고 있다고 믿었던 그녀는 충격을 받고 집을 나가버린다. 갈 곳 없는 그녀가 찾아간 곳은 마음이 열린 귀족 부인인 히긴스의 어머니였고, 일라이자의 이야기를 들은 부인은 자기 아들이 잘못한 것이라며 그녀 편을 들어주고 자기 집에 머물게 해준다.

일라이자가 겪는 정체성의 혼란 못지않게 히긴스 또한 심각한 심리적 갈등에 빠지게 된다. 함께 지내온 일라이자가 없어지고 나서야 그는 어디까지나 교육의 대상이라고 생각했던 그 처녀가 실은 자기 삶에서 대단히 중요한 부분을 차지하고 있었다는 점과 이제는 더 이상 혼자서 살아갈 수 없음을 절감하게 된 것이다. 어머니의 집으로 찾아간 히긴스에게 일라이자는 자신이 독립된, 존중되어야 할 인격적 주체임을 분명히 밝힌다.

이 영화의 백미는 바로 이 대목이라 할 수 있다. 언어를 통한 히긴스의 '귀부인 만들기' 프로젝트는 완전한 성공을 거두었으니, 말투나 외모, 태도뿐만 아니라 그녀의 의식까지 귀부인으로 바꾸어버렸음을 증명하고 있기 때문이다.

이제 히긴스가 할 수 있는 선택은 일라이자를 진정한 숙녀로 대접하고 인생의 파트너로 받아들이는 것뿐이다. 그러나 얼마나 행복한 항복이랴. 그는 자기가 꿈속에 그리던 완전한 이상형을 제 손으로 다듬어냈고, 속속들이 생생하게 살아 있는 실체로서 사랑할 수 있게 되었으니 말이다.

아니마의 포로가 되다, 「귀여운 여인」

퓌그말리온 모티프가 차용되며 다시 한 번 대중을 매혹시켰던 영화가 있으니 리처드 기어와 줄리아 로버츠 주연의 「귀여운 여인(The Pretty Woman)」이 그것이다. 「마이 페어 레이디」가 교육을 통한 숙녀 만들기였다면, 「귀여운 여인」은 후기 자본주의 사회의 시대 풍조에 맞춰 돈으로 숙녀가 만들어지는 과정을 따라가며 대중의 욕구를 대리만족시킨다.

외로운 재벌 2세가 사업차 들른 낯선 도시에서 파티를 마친 후 호텔로 돌아가던 중 거리에서 한 창녀에게 길을 묻게 되고, 어찌어찌하여 그녀를 자신의 방으로 데려간다. 그리고 3주 동안 같이 지내는 대가로 3,000달러를 주기로 약속하고 함께 지내게 된다. 고등학교를 다니다가 실연의 아픔으로 가출해 어쩌다 창녀가 되었지만 따뜻하고 진실한 성품을 지닌 이 젊은 아가씨에게 차츰 빠져들게 된 부자 사업가는 그녀를 최고로 꾸며주는 데 아낌없이 돈을 쏟아붓는다.

영화 「귀여운 여인」의 한 장면

외모는 나무랄 데 없이 아름다워 누구라도 반할 만하고 성격 또한 마음에 들어 좋아하게 되었지만 문제는 이후의 그들의 관계였다. 서로 사랑하게 되었지만 창녀였던 그녀를 아내로 맞는 데 부담을 느끼는 사업가에게 이제 숙녀로 변한 아가씨는 제대로 된 관계를 요구한다. 그리고 그 요구가 받아들여지지 않자 결혼말고는 모든 조건을 다 들어주겠다는 남자를 떠나 이제 공부를 하겠다며 떠나버린다. 그러나 마지막 순간 이제 그녀 없이는 더 이상 살 수 없게 되었다는 사실을 깨달은 남자는 백마 대신 흰색 오픈카를 타고 달려가 누추한 골목의 다락방 사다리를 오르며 자신이 만들어낸 여인에게 청혼한다.

교육을 시켜 만들었든, 돈을 들여 만들었든, 자신의 힘으로 이상형을 빚어낸 현대판 퓌그말리온들은 결국 그 아니마의 포로가 될 수밖에 없음을 이 두 편의 영화는 잘 드러내 보여주고 있다. 이 동화 같은 이야기들이 사람들에게 감동과 행복감을 안겨주는 중요한 이유 중 하나는, 갈고 닦여 최고로 연마된 이 여자들 내면의 의식이 하나같이 건강하고 '숙녀답다' 는 점일 것이다.

3 욕망의 시작과 끝

앞 그림 | 커더스 피에르의 「크로노스」

황금의 전설, 미다스의 손

손에 닿는 모든 것이 황금으로

무엇이든 손으로 만지기만 하면 황금으로 변한다는 미다스 왕의 이야기는 누구나 한번쯤 귓결에 들어본 적이 있을 것이다. 아니 미다스 왕의 이름보다는 어쩌면 이 이름의 영어식 발음에서 나온 '마이다스의 손'이 더 확실하게 사람들의 기억에 남아 있을지도 모르겠다.

재물을 다루는 사람들 사이에 '마이다스의 손'이라는 호칭은 최고의 찬사이자 부러움의 표상이기도 하다. 무엇이든 관여하는 일마다 엄청난 부(富)를 가져오는 사람에게 붙여지는 별명이기 때문이다. 그런데 그리스 신화에 등장하는 미다스 왕의 이야기는 놀랍게도 바로 그 '마이다스의 손'이 엄청난 재앙을 불러올 수도 있음을 경고하고 있다.

미다스는 프뤼기아의 왕으로 그의 아버지는 저 '고르디아스의 매듭'

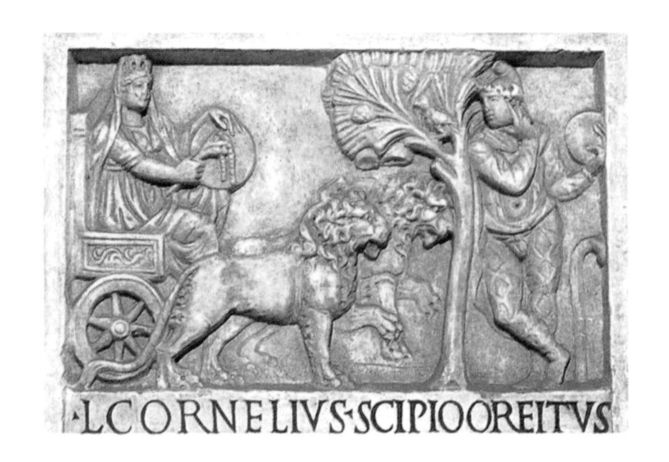

사자가 끄는 수레를 타고 있는 퀴벨레 여신

으로 유명한 고르디아스 왕이다. 고르디아스가 묶어놓은 복잡한 매듭을 푸는 자가 아시아 전체를 다스리는 왕이 되리라는 신탁이 내려져 있었다. 많은 사람들이 도전했으나 아무도 그 매듭을 풀 수 없었다. 그런데 동방원정길에 오른 알렉산드로스가 지나던 길에 프뤼기아에 들러 그 매듭을 칼로 툭 쳐서 풀어버렸다는 전설이 유명하다. 그 고르디아스 왕이 소아시아 지방에서 숭배되던 여신 퀴벨레의 사랑을 받아 얻은 자식이 바로 미다스이다.

여신 퀴벨레는 제우스의 어머니 레아처럼 살아 있는 모든 생명체의 어머니로 숭배되던 막강한 여신이었다. 보통 사자와 함께 그려지거나 사자들이 모는 수레를 탄 모습으로 묘사되는데, 이 여신을 모시는 제의에는 디오뉘소스 축제에서와 마찬가지로 술에 취해 북치고 피리 불며 미친 듯이 춤을 추는 무리들이 늘 뒤따랐다고 한다.

디오뉘소스에게서 받은 사례

미다스가 프뤼기아를 다스리고 있던 어느 날, 농부들이 한 노인을 데려와서는 숲에서 혼자 잠들어 있었다고 말했다. 뚱뚱한 몸에 대머리에다 들창코가 벌룸한 이 노인은 실은 주신(酒神) 디오뉘소스의 스승인 실레노스였다. 외모는 우스꽝스러웠지만 실레노스는 신화에서 사려깊고 지혜로운 존재로 등장한다. 플라톤이 자신의 스승 소크라테스를 이 실레노스에 비겼을 정도이다.

미다스는 노인을 보는 순간 그가 누구인지를 알아보았다. 그래서 실레노스를 자신의 궁전에서 열흘 동안 푹 쉬게 하며 극진히 대접한 다음 디오뉘소스에게 데려다주었다. 자신을 키워준 양아버지이자 스승인 실레노스를 잘 보살펴주고 손수 데리고 온 미다스에게 고마움을 느낀 디오뉘소스는 사례로 두 가지 소원을 들어주겠으니 말해보라고 했다.

디오뉘소스의 갑작스러운 제안에 한편 기쁘기도 하고 한편 당황스럽기도 했던 미다스는 불쑥 이렇게 말했다.

"제 손이 닿는 것이면 무엇이든 금으로 변하게 해주십시오!"

기쁨으로 눈을 빛내며 그렇게 말하는 미다스를 물끄러미 바라보던 디오뉘소스는 나직하게 되물었다.

"그보다는 황금으로 된 송아지 한 마리가 더 낫지 않겠는가?"

미다스는 머리를 저었다.

"다른 한 가지 소원은?"

미다스는 만족스럽게 미소지으며 대답했다.

"더 생각해 보고 나중에 말씀드리겠습니다."

술에 취한 실레노스. 루벤스의 그림

"원하는 대로 이루어지리라."

이마에 설핏 그늘이 스치며 디오뉘소스는 이 말과 함께 실레노스를 모시고 자리에서 일어났다.

행운인가, 재앙인가

예기치 않았던 횡재에 뛸 듯이 기뻐하며 집으로 달려온 미다스는 이것저것 손으로 만져보며 주신의 약속을 시험해 보았다.

디오뉘소스와 미다스. 니콜라 푸생의 그림

우선 손을 뻗어 옆에 있던 참나무 가지를 하나 꺾었더니 그 자리에서 황금 가지로 변하는 것이 아닌가! 땅에서 돌을 하나 집어드니 금세 금덩이가 되었다. 놀라서 두근거리는 가슴을 한 손으로 누르며 이번에는 사과를 집었더니 곧 황금 사과로 변했고, 옆에 있는 기둥을 만지니 기둥 전체가 즉시 금빛으로 번쩍였다.

행복에 겨워 정신을 못 차리는 그의 앞에 하인들이 식탁을 차리고 있었다. 가져온 물에 손을 씻으니 그의 손에서는 황금 방울이 뚝뚝 떨어졌다. 미다스는 흥분한 채로 식탁에 앉았다. 먼 길을 달려와 몹시 배가 고팠던 터라 앞에 차려진 음식을 집어 입으로 가져갔다. 그런데 이게 웬일인가. 모든 음식이 집는 순간 딱딱한 황금으로 굳어져 도저히 먹을 수가 없었다. 그뿐이랴. 목이 말라서 술을 마셨더니 목구멍으로 넘어가기도 전에 금으로 변해 걸려버리는 것이었다.

미다스는 당황해서 제정신이 아니었다. 그런데 그때 애지중지 아끼던 외동딸이 그에게로 다가왔다. 앞뒤 생각 없이 그는 이 기막힌 일을 설명하려고 딸의 손을 잡아 자기에게로 끌어당겼다. 그러자 이번에는 딸조차 황금 상으로 굳어져 버리는 것이 아닌가.

그제야 미다스는 정신이 번쩍 들었다. 이제껏 기뻐 날뛰던 자신의 행운이 결코 행운이 아니라는 사실을 깨달았다. 아니 그것은 오히려 무서운 재앙이었다. 그는 고집스럽게 모든 것을 황금으로 변하게 해달라는 그의 소원을 들어주며 디오뉘소스의 얼굴에 스치던 그늘이 무슨 의미였는지를 비로소 이해했다.

미다스는 정신없이 디오뉘소스에게 달려가 두 손을 벌리고 통곡했다.

"디오뉘소스 신이시여, 자비로우시고 엄격하신 신이시여, 못난 저를 제발 용서해 주십시오."

"네게는 아직 이루어질 소원이 하나 더 있지 않느냐. 말해보라."

눈물을 비 오듯 흘리며 미다스는 엎드려 빌었다.

"제가 어리석었습니다. 부디 자비를 베푸시어 제 손이 닿아 황금으로 변한 것들이 제 모습을 찾도록 해주십시오."

미다스에게 베푼 황금의 권능을 거두어들이며 디오뉘소스가 말했다.

"팍토로스 강으로 가거라. 그 수원으로 거슬러올라가 그 물에 머리와 몸을 담그고 네 어리석음과 죄를 씻어내라. 그러면 바라는 것이 이루어질 것이다."

왕은 디오뉘소스가 시킨 대로 팍토로스 강의 수원으로 가서 물에 몸과 머리를 담그고 오랫동안 정성껏 씻었다. 이 신화가 얽혀 있는 팍토로스 강에서는 아직도 강가 모래에서 사금이 나온다고 한다.

욕망에 대한 신화의 경고

신화는 대부분 비유를 통해 이야기하기 때문에 그 본뜻을 읽어내려면 비유의 껍질을 뚫고 안을 들여다보는 시선이 필요하다. 주신의 스승에게 친절을 베풀고, 그 상으로 소원을 말해보라는 주문에 "손에 닿는 것은 모조리 황금으로 변하게 해달라"고 했던 미다스의 욕망을 이해 못할 사람은 아무도 없을 것이다.

만약 여러분이 미다스의 입장에 처했더라면 과연 어떤 소원을 내놓았을까? 신화의 껍질을 뚫고 안으로 들어가는 일은 바로 이 지점에서 시작된다. 똑같은 상황에 자신을 대입시켜 보면 왜 신화에 인생의 보편적 진실이 녹아 있다고들 하는지 납득이 되는 것이다.

그런데 그토록 황금을 바라던 미다스에게 정말로 음식이나 술, 딸이 문자 그대로 황금으로 변했을까? 어설픈 독자들이 신화에 등을 돌리게 되는 부분이 바로 이런 곳이다. 도대체 말이 안되는 것이다. 하지만 얼른 보기에 말도 안되는 이 이야기가 물리적 작용을 비유삼아 눈에

팍토로스 강에서 몸을 씻고 있는 미다스. 니콜라 푸생의 그림

보이지 않는 인간 영혼의 작용, 그러니까 내적이고 심리적인 면을 그려낸 것이라면 어떻게 되는가? 그래서 미다스 주변의 모든 것이 번쩍이는 황금으로 굳어져 버렸다는 이 묘사가 겉으로는 화려하고 그럴 듯해 보여도 이미 그 내용은 굳어져 못쓰게 되어버린 '마음' 과 '관계' 를 나타내는 것이라면, 즉 돈은 주체할 수 없이 많은데도 심리적 갈증과 허기에 시달리며 마음의 죽음, 영혼의 파산으로 내몰리는 가련한 인간의 모습을 에둘러 이야기한 것이라면 그 보편적 진실이 보이지 않는가?

황금을 모든 것에 앞세우는 그 순간 이미 미다스의 영혼에서는 모든 자연스러운 것들이 딱딱하게 굳어지는 경화현상이 시작되었을 것이다. 마음과 의지가 온통 황금에 가 있기 때문에 그가 삶에서 맺는 모든 '관계' 는 황금이라는 잣대로 평가되고 처리되었을 것이기 때문이다.

돈을 가치의 척도로 삼는 사람은 다른 사람들과 소박하고 따뜻하고 인간적인 관계를 맺을 수가 없다. 인간의 도리도 가족 간의 사랑도 모

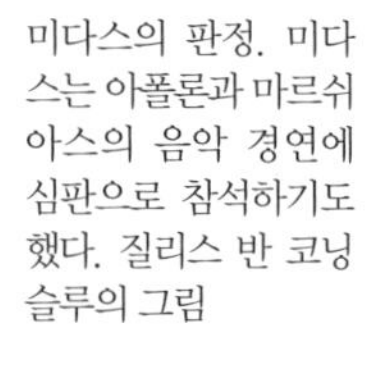
미다스의 판정. 미다스는 아폴론과 마르쉬아스의 음악 경연에 심판으로 참석하기도 했다. 질리스 반 코닝슬루의 그림

두 집어던지고 재산 문제로 싸우는 수많은 부모형제 이야기를 주변에서 보고, 또 혼수 시비로 아예 결혼 자체가 깨어져 버리는 젊은 부부들과 그들의 부모 이야기를 들으며, 그 손에 닿는 순간 딸이 금덩어리로 변해버렸다는 미다스 왕의 이야기를 떠올린 사람은 아마 별로 없을 것이다.

그러나 우리네 현실에서 일어나고 있는 이야기들을 잘 새겨보면, 결국 딸도 아버지도 어머니도 연인도 모두 금덩이처럼 물화(物化)되고 말았다는 내용이니 그 실상은 미다스 왕의 전설과 같은 이야기가 된다.

도취와 광기의 신, 디오뉘소스

현대판 미다스들

오늘날 경제시장에서 높은 보수를 받고 선망의 대상이 되는 일류 펀드매니저들이 일에서 오는 과도한 긴장 때문에 상당수가 신경성 수면장애나 위장병을 앓고 있다는 보도를 접한 적이 있다. 자신이 내리는 순간의 판단에 엄청난 금액이 오고가기 때문에 늘 신경을 집중해야 하고 긴장하고 있기 때문에 생기는 신체적 반응이라는 것이다. 그런데 재미있게도 사람들은 이들에게 '미다스의 손'이라는 별명을 붙여놓았다. 하면 그 현대판 미다스들이 제 눈앞에 놓인 음식을 마음대로 먹고 마실 수 없는 '미다스의 병'을 앓고 있다는 이야기 아닌가. 그렇다면 디오뉘소스에게서 선사받은 황금의 권능 때문에 음식을 씹을 수도 삼킬 수도 없었다는 미다스 왕의 신화는 오늘날에도 여전히 유효하다고 보아야 할 것이다.

디오뉘소스가 누구던가? '도취' 와 '광기' 의 신이다. 황금에 도취되고 사로잡힌 미다스에게 그 황금의 힘을 죽도록 맛보게 해준 것도 디오뉘소스요, 또 그 힘의 실상을 보고 경악해 울고불고 애원하는 미다스에게 자연스러운 삶을 돌려준 것도 디오뉘소스라는 점은 우리에게 많은 것을 생각하게 한다. 이 신은 사람들을 '도취' 와 '광기' 에 빠지게도 하지만, 더욱 중요한 역할은 오히려 사람들에게 그 '도취' 와 '광기' 에 대한 경고를 하는 것이 아닌가 하는 생각이 들기 때문이다.

누가 태양마차를 모는가

헬리오스와 파에톤

태양신 헬리오스와 그의 아들 파에톤의 이야기가 주는 교훈은 매우 명료하고도 강렬하게 다가온다. 부모의 어긋난 자식 사랑과 억제되지 않은 젊은이의 욕망이 불러오는 폐해는 오늘날 우리 사회에서도 그 수를 헤아릴 수 없을 정도로 많이 일어나고 있기 때문이다. 파에톤 부자의 신화 이야기를 인생에서 끝없이 반복되는 하나의 유형으로 이해하고 그 숨겨진 메시지를 깊이 새기게 되면 우리의 삶은 지혜로움 쪽으로 한 걸음 더 다가서게 될 것이다.

태양신 헬리오스가 에티오피아의 클뤼메네를 사랑하여 자식을 잉태시켰다. 이 일로 '빛나는 자' 라는 뜻의 이름을 가진 아들 파에톤이 태어난다. 그런데 신의 자식을 잉태한 여인들에게서 흔히 일어나는 일이

아폴론과 파에톤. 니콜라스 베르뎅의 그림

지만 클뤼메네는 메로프스라는 남자와 결혼하여 파에톤을 낳아 기르게 된다.

참고로 올륌포스 신들의 족보에서는 아폴론이 태양신이라서 토머스 불핀치가 기록한 신화에서는 파에톤이 아폴론의 아들로 나온다. 그러나 파에톤은 아폴론이 태양신이 되기 이전의 티탄 신족 태양신인 헬리오스의 아들이다.

신화 속 영웅들의 이야기는 늘 성년의 문턱에서 시작되는데 파에톤의 경우도 예외는 아니다. 파에톤 역시 자신과 세상에 대한 기대와 호기심이 밀려드는 청춘의 나이에 '나는 누구인가' 하는 물음에 직면하게 된다.

태양신의 아들임을 증명하라

친구들과 어울려 놀다가 어느 날 '빛나는 자'라는 이름 때문에 "네가 헬리오스의 아들이라도 되느냐?"고 조롱을 당한 파에톤이 집으로 돌아와 어머니 클뤼메네에게 그 이야기를 했다. 아들이 출생의 비밀을 알아도 괜찮을 나이가 되었다고 여긴 클뤼메네는 "너는 실제로 헬리오스의 아들이다"라고 밝히고 자초지종을 설명해 주었다.

그후 파에톤은 어디를 가든 당당하게 자신이 헬리오스의 아들이라고 밝혔지만 누구도 그 말을 믿으려 하지 않았다. 한번은 에파포스라는 친구가 "네가 정말 헬리오스의 아들이라면 어디 그 증거를 한번 보여봐라" 하고 여러 사람 앞에서 몰아세웠다. 자존심이 몹시 상한 청년은 어머니에게 가서 자신이 헬리오스의 아들임을 증명할 방법이 무엇이냐고 물었다. 클뤼메네는 하늘에 뜬 태양을 올려다보며 "헬리오스가 저렇게 모든 이의 눈앞에서 빛나고 있는데 더 무슨 증거가 필요하단 말이냐"고 대답했다. 그러고는 그 자리에서 무릎을 꿇더니 하늘을 향해 두 팔을 벌리고 이렇게 기원했다.

"헬리오스시여, 이 아이가 당신의 아들임을 확인해 주세요. 늠름하게 자라난 이 아이가 당신의 아들이 아니라면 이 자리에서 저를 눈멀게 해 다시는 빛을 보지 못하게 하셔도 달게 받겠습니다."

클뤼메네는 눈이 멀지 않았고 태양은 밝고 평온하게 온 천지를 비추고 있었다. 이 광경을 말없이 지켜본 파에톤은 어머니에게 자신의 뜻을 밝히고 태양이 뜨는 동쪽을 향해 길을 떠났다. 친아버지를 직접 만나 자신의 존재를 확인하고 싶었던 것이다.

태양마차를 향한 젊은이의 욕망

태양신이 머무는 궁전을 찾아가는 일은 쉽지 않았다. 물어물어 천신만고 끝에 아버지의 신전에 당도한 아들은 그 위용에 입을 다물지 못했다. 헬리오스의 신전은 금은보화로 화려하게 꾸며져 태양신의 위대함을 자랑하고 있었고, 신전 벽을 장식하고 있는 시간과 계절, 별자리의 운행을 나타내는 그림들은 보는 이를 압도했다. 어렵고 먼 길을 헤치고 자신을 찾아온 아들을 헬리오스는 대견하게 바라보며 이렇게 말했다.

"잘 왔다, 아들아. 하늘에 떠서 지상에서 일어나는 모든 일을 보고 있는 내가 네가 온 이유를 모르겠느냐. 네 어머니가 한 말은 모두 사실이다. 너는 내 아들이다. 이제 이 아비를 찾아왔으니 무슨 소원이든 하나 말해보거라. 내가 그 소원을 들어주어 네가 내 아들임을 증명해 주마. 스튁스 강에 걸고 맹세할 테니 이제 이 약속은 제우스신께서도 깨지 못한다. 자, 되었느냐?"

아들은 아버지의 사랑이 저절로 느껴져 기껍고 감동하여 아무 말도 못하고 고개를 끄덕일 뿐이었다. 그는 태양신인 아버지의 궁전에서 한동안 호의호식하며 잘 지냈다. 그리고 자신이 무엇을 원하는지 곰곰이 생각해 본 다음 아버지에게 가서 소원을 말했다.

"아버지, 제가 무엇을 원하는지 알았습니다. 태양신 헬리오스의 아들임이 자랑스러운 저는 아버지의 태양마차를 한번 몰아보고 싶습니다. 그것으로 제가 아버지의 아들임을 증명해 보이고자 합니다."

헬리오스는 경악하여 얼굴색이 변했다. 잠시 후 정신을 수습한 그는

태양마차를 몰게 해달라고 아버지 헬리오스에게 간청하는 파에톤. 니콜라 푸생의 그림

아들의 손을 잡고 간곡하게 말렸다.

"사랑하는 아들아, 다른 소원은 다 들어줄 수 있어도 그것만은 안된다. 그것은 결코 네가 감당할 수 있는 일이 아니다. 제우스신조차 벼락을 던져서 태양마차를 부술 수는 있어도 그것을 몰지는 못한다. 천공을 아래로 깔고 돌아야 하는 궤도가 너무 위험하고 복잡해서 매일 반복하는 일이지만 나조차 한 순간도 긴장을 풀지 못한다. 네 힘으로 할 수 있는 일이 절대 아니니 소원을 거두어라. 스튁스에 걸고 맹세를 했기 때문에 나는 이 약속을 깰 수가 없다. 그러니 네가 소원을 거두어야 한다. 내 말을 듣거라."

그러나 이미 가슴 속에 무엇인가가 가득 차오른 아들은 아버지의 말을 듣지 않았다. 눈을 빛내면서 그는 다른 어떤 것도 원치 않으니 태양

태양마차를 몰고 하늘로 올라간 파에톤. 별들이 놀라서 바다로 뛰어들고 있다. 그리스의 도자기 그림

마차를 몰게 해달라고 고집을 부렸다.

부자는 며칠 동안 밀고 당기며 신경전을 벌였다. 아버지는 절대 안된다고 했고, 아들은 자기 힘으로 해낼 수 있으니 걱정 말고 맡겨달라고 졸랐다. 그런데 묘한 것은 시간이 지날수록 헬리오스의 마음이 누그러져서, 물론 걱정이야 되었지만, 감히 태양마차를 몰겠다는 담대한 생각을 한 아들이 어느 한 구석으론 대견스럽게 여겨지기도 했다는 점이다.

파에톤 또한 시간이 지날수록 스스로도 알 수 없는 자신감이 불타올랐다. 처음에는 태양마차를 몰아보겠다는 소원을 말하면서 마음 한 구석에 두려운 마음이 없지 않았지만 점점 아버지가 지닌 광휘를 자기도 나눠 갖고 싶은 조급한 마음이 그 두려움을 눌렀다.

그 일을 해냈을 때의 자신의 모습이 눈에 선히 그려졌고, 무엇보다 친구들 앞에서 비웃는 얼굴로 "네가 헬리오스의 아들이라는 증거를 보이라"던 에파포스의 코를 납작하게 해줄 것이 통쾌해 절대 포기할 수 없었다.

드디어 파에톤의 열정이 헬리오스의 염려를 앞질렀다. 헬리오스는 걱정스러워하며 아들을 태양마차 앞으로 데려갔다. 새벽이 열릴 시각이라 말들은 이미 마차에 매어져 콧구멍으로 거센 불길을 뿜으며 내달릴 준비가 되어 있었다. 아들의 손에 고삐를 쥐어주며 헬리오스는 근심스러운 얼굴로 거듭 당부했다.

"이 말들은 힘이 넘쳐서 제멋대로 달리려 할 테니 고삐를 단단히 쥐고 있어야 한다. 그리고 빛과 열이 천체에 고루 퍼지도록 고도를 잘 잡아야 한다. 너무 낮게 달리면 지상에 있는 것들을 태우게 되고 너무 높게 오르면 천상의 것들이 상하게 되니 중도를 벗어나지 않게 해라. 태양마차를 모는 일은 아름다운 풍경만 상상하는 네 생각과는 전혀 다르다. 마차는 온갖 괴물들 옆을 지나게 될 것이다. 정신을 똑바로 차리고 내가 지나다니던 바퀴자국을 찾아내어 그것을 따라가도록 해라. 무슨 일이 있어도 절대로 고삐를 놓쳐서는 안된다. 자, 가거라!"

섭리를 거스른 자에게 내려진 벼락

말들은 불길을 뿜으며 힘차게 내달리기 시작했다. 태양마차는 구름을 장밋빛으로 물들이며 천공 위로 까마득히 솟아올랐다. 파에톤은 순간적으로 고도가 바뀌며 허공으로 내던져진 느낌에 잠시 아찔했다. 그 때 말들이 벌써 고삐를 당기는 손의 서투름을 감지했던지 서로 속도를 맞추지 못했고, 마차가 이리저리 심하게 흔들리더니 순식간에 궤도를 벗어났다.

마차는 제멋대로 날뛰는 말들을 따라 거침없이 위로 솟아오르고 미친 듯이 곤두박질쳐 지나가는 곳마다 여기저기 태우고 그슬려 시커멓게 연기가 솟아올랐다. 파에톤은 정신이 아득하여 아무 생각도 할 수 없었고, 그저 등에 진땀만 흘렀다. 아버지가 지나다니던 바퀴자국을 찾는 것은 고사하고 지금 어느 쪽으로 가고 있는지조차 알 수 없었다.

그리도 간곡하게 말리던 아버지 말을 왜 귓등으로도 듣지 않았던지 후회막심이었지만 이제 와서 뉘우쳐 봐야 아무 소용없는 일이었다. 고삐를 당겨야 할지 늦추어야 할지 갈피를 잡지 못하고 좌충우돌 앞으로 나아가던 마차 옆으로 사자좌의 아가리가 나타나며 갑자기 걷잡을 수 없는 기류의 소용돌이가 밀어닥치자 파에톤은 마차에서 한쪽 구석으로 쏠리며 그 동안 있는 힘을 다해 쥐고 있던 고삐를 놓치고 말았다.

추락하는 파에톤. 루벤스의 그림

이제 말들은 완전히 방향을 잃은 채 돌진했고, 파에톤은 놓친 고삐를 다시 잡을 엄두도 내지 못한 채 마차의 난간에 매달려 아예 눈을 감아 버렸다. 불길이 탁탁 타오르는 소리와 함께 열기가 뜨겁게 밀려왔다.

하늘과 땅에 불이 붙어 난장판이 되는 것을 보며 어이없어 서로 마주 보던 신들의 눈길이 제우스의 손에 든 벼락에 가서 멈췄다. 벌어지고 있는 모든 상황을 말없이 굽어보고 있던 제우스는 어두운 얼굴로 천천히 몸을 일으켰다. 벼락 하나가 날아가 정확히 목표물을 맞추자 파에톤은 유성처럼 빛의 꼬리를 끌며 길게 떨어져 내렸다. 태양마차를 모는 태양신의 자리가 헬리오스에게서 아폴론에게로 넘어간 것도 이 무렵의 일이었다고 한다.

벼락을 들고 있는 제우스

청춘의 만용, 그 끝은 어디인가

짧지만 극적인 이 이야기를 자세히 들여다보면 인간사에 되풀이되는 몇 가지 필연성을 발견할 수 있다. 위대한 아버지와 그 피를 물려받은 아들, 아비의 눈먼 자식 사랑과 제 안에 깃들어 있는 힘을 확인하고 싶어하는 청춘의 만용, 그러나 이것이 부자간의 문제로 끝나지 않고

추락하는 파에톤. 골트지우스의 그림

천지를 불태우게 되는 권력의 파장, 섭리를 거스른 자에게 결국 날아오는 벼락 등이 그것이다. 정치, 경제, 사회, 문화의 온갖 분야에서, 그리고 동서고금을 막론하고, 헬리오스와 파에톤 부자의 경우와 비슷한 예를 들라면 너무 많아 그 수를 헤아릴 수도 없을 것이다.

그러나 인간의 힘으로 부자간의 기질의 유전을 무슨 수로 막고, 본능으로 끌리는 자식 사랑을 어떻게 제지할 수 있으며, 젊은이의 세상에 대한 호기심과 욕망, 자기실현 욕구를 어떻게 막는단 말인가. 놀랍게도 신화는 이 막을 수 없는 삶의 현상을 가감 없이 분명하게 드러내 보여주고 있다.

그렇다면 이러한 신화를 만들어낸 사람은 누구인가? 신화 속의 이 이야기처럼 피하기 힘든 일들을 벌이는 것도 인간이지만, 역설적이게도 그러한 이야기를 만들어 그 이치를 되짚어보게 하는 이 또한 인간이다. 다만 어느 한 사람에 의해서가 아니라 수천 년에 걸쳐 수많은 사람들의 입을 거쳐 다듬어지고 전해내려온 것이기에, 이 이야기들 속에는 이야기꾼들 자신의 체험이 진하게 녹아들어 있다.

옛말에 귀한 자식일수록 고생을 시키라는 말이 있다. 사자는 새끼를 낳으면 절벽에서 떨어뜨려 살아남는지를 시험한다고 한다. 그러나 이것을 실행하기가 얼마나 어려운지는 자식 가진 부모들은 모두 알 것이고, 부모의 그 혹독한 훈련을 달게 감수하는 자식 또한 드물다.

하지만, 그래도 길이 없는 것은 아니니, 파에톤의 이야기가 전하는 메시지를 제대로 알아들은 부모는 아린 가슴을 문지르며 엄한 훈련을 시킬 것이요, 속이 깊은 젊은이는 부모의 후광을 거저 제 것으로 하려 하지 않고, 물려받은 잠재력을 온전히 제 것으로 발휘할 수 있을 때까지 자기 연마를 그치지 않을 것이다. 이것이 신화 속에 배어 있는 지혜의 쌉쌀함이 아닐까.

시간의 거울,
크로노스와 시바

제 자식을 삼키는 신

신화는 우리에게 아직 해석되어 있지 않은 것, 그래서 그것에 범접하려면 죽음을 넘나들어야 할 만큼 충격적인 존재의 신비를 드러내 보인다. 일반 사람들의 기대와 달리 신화 속에 평화롭고 아름다운 이야기보다 무섭고 참혹하고 처절한 이야기가 더 많은 이유도 아마 그 때문일 것이다. 따라서 인간들이 섬겨야 하는 신들이 나오는 이야기니까 신화가 고상하고 품위 있고 도덕적이며 행복한 느낌을 안겨줄 것이라는 기대는 어디까지나 우리의 순진한 고정관념이요 편견이다.

예를 들어보자. 모든 생명체는 일단 이 세상에 태어나면 죽음을 피해갈 수 없다. 또 살아가기 위해서는 어쨌든 다른 생명체를 먹지 않을 수 없다. 그 먹히는 대상이 꼭 동물이 아니라 식물이더라도 식물 또한 엄연한 생명을 가진 존재이기는 마찬가지다. 내가 살기 위해 남을 죽이고 그것을 먹어야 하는 삶의 이 참혹한 전제조건, 그렇게 악착같이 살더라도 언젠가 때가 되면 죽어야 한다는 가혹한 숙명, 그 밖의 피할 수 없는 근원적 경험들과 인간의 마음을 화해시키는 것 또한 신화의 중요한 임무 중 하나이다. 인류가 그 처절한 삶의 실상을 외면하지 않고 정면으로 직시하며 이성을 통해 해석하고 풀어가려 시도했던 것이 신화인 바에야 어떻게 그것이 순하고 아름답기만 하겠는가.

자식을 잡아먹는 크로노스. 프랜시스 고야의 그림

섬뜩한 그리스 신화 가운데 제 자식을 잡아먹는 크로노스라는 신의 이야기가 있다. 크로노스는 티탄 신족의 우두머리로서 아내 레아 여신이 낳은 포세이돈, 하데스, 헤라, 데메테르, 헤스티아를 낳는 족족 모두 삼켜버린다. 끔찍하지 않은가, 자식을 잡아먹는 아비의 이야기라니.

그런데 크로노스는 그렇게 하지 않을 수 없는 이유가 있었다. 옛날 그가 대지의 여

신인 어머니 가이아의 사주를 받아 하늘의 신인 제 아버지 우라노스의 뿌리를 낫으로 잘라 거세하고 왕권을 찬탈한 적이 있기 때문이다.

그때 우라노스는 거세되며 아들을 향해 "너 또한 네 자식에 의해 똑같은 일을 당하리라!"는 저주 섞인 예언을 했다. 그리고 어머니 가이아는 아들 크로노스에게 "네가 지은 죄가 있으니 아버지 우라노스 같은 꼴을 당하지 않으려면 앞으로 자식 단속을 철저히 하라"고 단단히 일렀다.

하지만 크로노스야 지은 죄가 있으니 그렇다 치더라도 아내 레아는 자식을 낳는 족족 삼켜버리는 크로노스가 원망스럽고 미울 수밖에 없었다. 그래서 막내 제우스가 태어났을 때는 아기 대신 커다란 돌덩이를 강보에 싸서 건네주어 삼키게 했다. 그런 다음 제우스를 크레타 섬의 한 동굴에 숨겨 요정들에게 보살피라고 맡겼다. 그리하여 제우스는 아말테이아라는 염소의 젖을 먹고 자라게 된다. 동굴 속 어린 제우스가 울면 그 울음소리가 크로노스의 귀에 들릴까봐 산신들이 동굴 밖에서 창으로 방패를 두드리며 큰 소리로 노래하고 춤추었다고 한다.

그렇게 해서 자라난 제우스는 어머니 레아와 공모하여 아버지 크로노스에게 토하는 약을 먹여서 전에 삼킨 형제들을 다 토해내게 한 다음, 그 형제들의 도움을 받아 크로노스를 거세하고 왕권을 잡는다. 결국 우라노스의 예언이 들어맞은 것이다.

이쯤에서 우리는 자식들을 낳는 족족 삼켜버리는 크로노스라는 존재의 의미를 새겨봐야겠다. 그리스 신화의 신들은 인간의 형상을 하고 가족의 허울을 쓰고 있지만 실은 인간의 삶 속에 작동하는, 파악하기 힘든 추상적 에너지들의 알레고리이다. 그렇다면 제가 낳은 자식을 모두 삼켜버리는 힘은 도대체 무엇이란 말인가.

시간의 지배를 벗어난 '영원'

크로노스(Cronos)라는 단어의 본래 뜻은 '시간'이다. 이것을 아는 순간, 놀랍게도 아비가 자식을 삼키는 그 참혹한 광경은 자연의 이치가 되어버린다. 비정하고 무자비해 보이는 이 이야기는 '시간 속으로 들어온 모든 생명은 반드시 그 시간 속으로 다시 소멸한다(먹혀버린다)'는 우주적 현상을 설명하고 있다. 그런데 그 시간이라는 막강한 힘을 거세시키고 지배권을 차지하는 힘이 바로 '광명'이라는 뜻의 이름을 가진 제우스라는 사실은 어떻게 받아들여야 하는가.

'빛'은 모든 종교에서 영원한 진리요 법칙으로서의 신성에 대한 상징으로 쓰인다. 시간의 실상과 원리를, 그 영원한 법칙을 깨닫고 넘어

레아가 제우스 대신 돌덩이를 강보에 싸서 남편인 크로노스에게 건네주고 있다.(맞은편 위)

산신이 짜준 젖을 먹는 아기 제우스(가운데)와 염소 아말테이아의 젖을 빨아먹는 아기 제우스(아래)

선 존재를 우리는 신이라 부른다. 그러나 잘 생각해 보라. 모든 것을 삼키는 시간의 의미와 원리를 파악하는 순간, 깨달은 자에게 시간은 그 힘을 상실한다. 시간의 위력은 '죽음' 이라는 생명의 끝과 그 죽음이 무엇인지를 몰라서 생겨나는 두려움과 공포에서 나오는 것이기 때문이다. 그런데 제우스가 '시간' 으로 하여금 삼킨 것을 도로 토하게 만들었으니 그 속성상 역행이 불가능한 시간은 이제 제우스 앞에서 그 절대성을 잃고 만 것이다.

시간의 지배를 벗어났다면 그것은 바로 '영원' 이 아니겠는가. 재미있는 것은 '시간' 이 낳고 삼켰다가 다시 토해낸 존재들이 바로 포세이돈이라는 '거친 자연력(본능)', 하데스라는 '죽음', 데메테르라는 '대지', 헤스티아라는 '화덕', 헤라라는 '결혼' 과 '질투' 였다는 점이다. 인간에게 생명이 붙어 있는 한, 인류가 존속하는 한 삶의 이 요소들은 자손만대로 이어지며 문자 그대로 '영원히' 지속된다고 보아도 무리가 없을 것이다.

만물을 낳고, 키우고, 다시 그 품으로 받아들이는 거대한 어머니와도 같은 '대지' 가 없다면 이미 인류는 물론 거의 모든 생명체가 존재하지도 않을 것이요, '본능' 없는 생명이 있을 수 없으니 '다스려지지 않은 거친 자연의 힘' 또한 생명이 존재하는 한 이어질 것임이 분명하다. 인류가 존재하는 한 의식주를 해결하는 가장 기본적인 공간으로서의 가정과 그 가정의 중심인 부엌의 '화덕' 또한 영원할 것이며, 남녀가 짝을 이루는 '결혼' 이 존재하는 한 '질투' 또한 영원하다는 필연성이 크로노스와 제우스 사이의 패권 다툼 신화의 배경으로 깔려 있다. 이를 통해 우리는, 삶에서 이 근원적 힘들이 개체와 함께 소멸하는 것이

태양마차의 궤도. 태양의 운행이 바로 시간을 뜻하기 때문에
낫을 든 시간의 신 크로노스가 함께 그려져 있다. 티에폴로의 그림

아니라 그 개체의 '시간'을 넘어 상존하는 '불멸'의 요소임을 깨달을 수 있다.

시간의 신 시바와 제 몸을 먹는 키르티무카

신화학자 조셉 캠벨은 말한다.

"인생이라는 게 참혹한 것임을 안다면 물러서지 않고 자기가 맡은 역할을 해낼 수 있어요. 그러나 그것만 알아서는 안됩니다. 이 참혹함이 바로 신비, 무섭고도 놀라운 신비의 바탕이라는 것까지 알아야 합니다."

죽음의 낫을 든 크로노스와 그의 아들 제우스

그 참혹함에 내재해 있는 신비를 하나의 이미지로 떠올려 보여주는 이야기가 힌두교의 시바 신에 연계되어 전해지고 있다.

시바 신은 많은 경우 춤을 추는 모습으로 묘사되는데, 힌두교의 세계관으로 보자면 우주란 바로 이 시바 신의 춤이다. 존재하는 모든 것의 '소멸'과 '파괴'를 주관하는 이 시바 신이야말로 시간의 신이라 할 수 있다.

힌두교의 신들은 보통 모든 신이 그 신의 여성성을 나타내는 샥티와 한 쌍을 이루는데, 시바 신의 아내는 파르바티 여신으로, 신들을 주재하는 왕의 딸이었다. 그런데 어느 날 한 괴물이 시바 신에게 와서, "당신 아내를 내 애인으로 갖고 싶다"고 말했다.

그 말에 시바 신이 화가 나서 잠깐 '제3의 눈'을 뜨자 그 순간 이 제3의 눈에서 벼락이 나와 땅을 치고 연기가 일며 불길이 타올랐다. 그런데 연기가 가시고 나서 보니 괴물이 있던 자리 바로 옆에 다른 괴물이 한 마리 더 와 있는 것이었다. 앙상하게 뼈만 남은 몰골에 머리는 산발을 하고 침을 흘리고 있는, 새로 나타난 이 아귀가 자기를 잡아먹으려 한다는 것을 알자 기겁을 한 첫번째 괴물은 두려움에 떨며 시바 신에게 자비를 구하며 엎드렸다.

"시바 신이시여, 구해주소서. 당신의 자비 앞에 이 몸을 던지나이다."

시바 신에게는 원칙이 하나 있었다. 누구든 자신의 자비 앞에 몸을 던지는 자에게는 자비를 베푼다는 것이었다. 그래서 이렇게 말했다.

"그래, 내 너에게 자비를 베풀어주마. 그러니 아귀여, 그 괴물을 먹지 말아라."

그러자 이번에는 아귀가 항변했다.

"그럼 저는 어떻게 합니까? 배가 고파 죽겠어요. 신들이 저를 이렇게 허기지게 했으니 이놈을 먹어야겠어요."

그러자 시바 신은 명령했다.

"그렇게 배가 고프거든 너 자신을 먹어라."

할 수 없이 아귀는 발부터 시작해 자기 자신을 먹어 올라가기 시작했다. 결국 아귀가 있던 자리에는 얼굴 하나만 덩그렇게 남게 되었다.

춤추는 파괴의 신, 시바

불쌍하고 처참하기까지 한 이 아귀의 이야기에는 남의 생명을 먹어야 사는 생명의 이미지가 그대로 투영되어 있다. 시바 신은 그 얼굴을 물끄러미 바라보다가 이렇게 말했다.

"삶이 무엇인지를 이토록 극명하게 보여주는 것은 없을 터이다. 내 너를 '키르티무카'라고 부르리라."

키르티무카는 '영광의 얼굴'이라는 뜻이다. 시바 신전이나 불교 사원에 가보면 시바나 부처의 대좌(臺座)에서 이 가면 같은 것, 즉 영광의 얼굴을 볼 수 있다.

시바 신은 이 영광의 얼굴을 향하여, "누구든 너를 예배하지 않는 자는 나에게 올 자격이 없다"고 말했다.

이게 도대체 무슨 의미인가? 남을 잡아먹는 대신 제 몸을 모두 먹어버리고 얼굴만 덩그러니 남은 키르티무카는 도대체 무엇이란 말인가?

아귀, 우리들의 초상

시바 신은 왜 아귀에게 제 몸을 먹으라고 명했으며, 제 몸을 모두 먹고 얼굴만 남은 아귀는 무슨 생각을 했을까? 그리고 이 얼굴이 왜 영광의 얼굴이란 말인가? 이 문제들은 대단히 깊은 종교적 성찰을 요하는 것으로, 실은 그 하나하나가 문자 그대로 '삶의 신비'로 이어지는 관문과도 같다. 그렇다면 그 해답을 얻기가 어찌 쉽겠는가. 하지만 결코 피해갈 수 없는 것이, 시바 신은 이 키르티무카를 경배하지 않고는 결코 신의 경지에 이를 수 없다고 단언한다.

조셉 캠벨은 우리에게 신화를 대할 때 우리가 정한 원칙에 어긋난다고 해서 무조건 '아니' 라고 고개를 돌릴 것이 아니라, 그 삶의 신비로운 현상을 겸허하게 바라보고 귀기울여 들어볼 것을 권한다. 그렇게 하지 않고서는 형이상학적인 차원에 이를 수 없노라고.

캄보디아의 한 불교 사원의 문 위를 장식하고 있는 키르티무카. 사자나 용을 연상시키는 모습으로 달랑 머리만 남아 있다.(위)

앙코르와트의 한 사원의 키르티무카 부조. 키르티무카의 머리 위에 부처가 누워 있는 모습이 의미심장하다.(아래)

어찌 보면, 아니 확실히, 우리 모두에게는 저 아귀와 같은 속성이 내재해 있는 것은 아닐까? 한도 끝도 없는 욕망으로 인하여 남을 먹어치우는 것이 아니라, 우리 또한 우리의 욕망 자체를 스스로 먹어 없애 키르티무카처럼 덩그렇게 빈 얼굴이 되어야 하는 것은 아닐까?

시바 신의 조각을 보면 그는 발밑에 '아수라' 를 밟고 있다. 우리가 흔히 '아수라장' 이라고 말할 때 쓰는 바로 그 '아수라' 이다. 싸우기를 좋아하고 사납기 이를 데 없는 이 귀신, 아수라를 모든 것의 '소멸' 을 관장하는 시간의 신 시바가 밟아 제압하고 있는 것이다. 문득 등골이 서늘해진다.

삶이 무엇인지를 직접 깨닫지 않고는 결코 삶을 넘어설 수 없다는 엄연한 이치를 신화는 다른 방식으로 표현하고 있다. "진리는 가르쳐지는 것이 아니라 체험되는 것이다"라는 어느 시인의 말이 신화적 비유로 이야기되고 있는 부분이기도 하다.

삶을 하나의 시련으로 보는 관념, 이 시련을 겪어야 세속적인 의미의 삶의 굴레에서 벗어날 수 있다는 관념은 모든 고등 종교에 공통으로 드러나고 있다.

신화 속 용,
그 폭발적 힘

신화와 전설의 중심에 용이 있다

보물을 지키고 있는 용의 이미지는 신화의 보편적 상징이지만 용은 동서양을 막론하고 상상의 동물이다. 이 허구의 동물이 온갖 신화와 전설의 중심에서 이야기의 맥락을 쥐고, 심지어 오늘날까지도 다양한 문화 상품들 속에 등장해 사람들의 마음을 사로잡는 이유는 무엇일까.

조셉 캠벨 같은 신화학자는 신화를 "인류가 집단적으로 꾸는 꿈"이라고 정의한다. 우리가 개인적으로 꾸는 꿈이란 자기도 모르게 원하고 있던 것, 낮에 깨어 있을 때는 의식에 의해 억눌려 있던 것이 잠들어 의식이 느슨해진 틈을 타 슬그머니 의식 위로 떠오르는 것이다. 그것은 직설적이기보다 매우 비유적이어서 늘 '해석'을 필요로 하며, 언어가 아니라 이미지로 메시지를 전달한다. 그리고 받아들이든 못 받아들이든 꿈꾸는 사람에게 필요한 어떤 것을 암시한다.

거대한 붉은 용과 태양을 입은 여인. 윌리엄 블레이크의 그림

개인에게 꿈이 이러한 작용을 한다고 할 때, 인류가 집단적으로 꾸는 꿈이 신화라면 신화 속에는 인류가 자신도 모르게 무의식적으로 소망하고 있는 것, 그런데 어떤 이유에서든 직접 표현되기 힘들어 억눌려 있던 것, 매우 중요해서 꼭 알아야 하는 어떤 것이 비유적으로 표현되어 녹아 있다는 말이 된다.

그렇다면 신화 속에 자주 등장하는 용은 우리의 심리나 문학과는 어떻게 연관되어 있는 것일까? 또 이러한 이미지의 폭발적인 힘은 어디에서 오는 것일까?

땅의 뱀과 하늘의 독수리가 만나

용을 자세히 관찰해 보면 커다란 뱀과 새가 하나로 합쳐진 모습임을 알 수 있다. 여기서 우리가 주목해야 할 것은 동양과 서양에서 보는 용의 개념이 완전히 다르다는 점이다. 동양에서의 용은 상서로운 존재로 인간을 이롭게 하는 영물(靈物)이며 보통 왕을 상징하는 이미지인 데 비해, 서양의 용은 영웅이 나타나서 죽이고 물리쳐야 하는 괴물이다. 이 극단적인 대비를 명쾌하게 설명해 주는 것이 바로 상생과 상충의 논리이다. 서양의 용이 독수리와 뱀이 서로 싸우는 상충의 부정적 이미지라면, 동양의 용은 독수리와 뱀이 서로 도와 상생하는 긍정적 이미지라는 본질적인 차이가 있다.

연상을 통한 예술의 비유법에서 새가 상징하는 것은 이승의 속박에서 벗어나고자 하는 인간 영혼의 욕구라고 할 수 있다. 반면 뱀이라는 상징은 인간을 이승의 속박에 묶어놓는 근원적 에너지이다. 풀어서 이야기하면, 배를 땅에 대고 기어다니는, 보기에도 징그러운 뱀은 신화 속에서는 원초적인 생명력을 대변하는 이미지이고, 자유롭게 하늘을 나는 웅대한 새의 이미지는 그 모든 본능에서 헤어나 지상적인 것으로부터 자유로워지고 싶은, 더 높은 것을 향한 영혼의 갈망을 대변한다.

그렇다면 이 놀라운 용의 이미지는 바로 우리 존재의 실상을 비춰주고 있는 것이며, 우리가 용이라는 가상의 존재에 자신도 모르게 끌리는 이유는 바로 그것이 우리 자신의 모습이기 때문이라는 해석이 가능하다.

우주적 뱀 우로보로스

뱀이 이처럼 원초적 생명력을 비유적으로 나타내다 보니 신화에서는 대단히 다양하고 복잡하고 중층의 유기적 구조를 가진 표상들이 등장한다. 예를 들어 서양 신화에서 우로보로스(Ouroboros)라는 뱀은 허물을 벗으며 끊임없이 새 삶을 사는 원초적 생명 에너지를 뜻한다. 이 우주적 뱀은 제

꼬리를 물고 있는 동그라미의 이미지로 그려지는데, 그것은 바로 삶의 이미지이다. 즉 끊임없이 죽고, 죽어서 다시 태어나는 영원한 에너지와 의식을 상징한다. 죽어서 부활하고, 허물을 벗음으로써 그 삶을 새롭게 하는 뱀은 시간과 영원이 만나는, 이 세계의 중심에 서 있는 세계수(世界樹)로서의 상징을 내포하고 있다.

동양의 상서로운 용 vs 서양의 괴룡

한편 웅대한 영혼의 새가 지상의 속박으로부터 벗어나 날아가는 목적지가 어디겠는가? 그것이 완전한 자유, 절대를 추구하는 인간의 염원을 상징한다면 그 목적지는 신이거나 우주적 이치가 될 것이다. 서양의 용이 영웅에 의해 퇴치되어야 하는 괴물일 수밖에 없는 이유는 원초적 생명력인 뱀이 우주적 이치를 지향하는 독수리와 상극의 관계에 있기 때문이다. 조화로운 이치에 대적하는 원초적 본능의 괴물이 될 수밖에 없는 필연성이 이 무서운 용의 이미지에 내재해 있는 것이다.

반면 동양의 용이 상서로운 것은 일견 대립되는 듯한 이 두 가지 에너지가 서로 돕고 보충하며 좀더 높은 것을 지향하고 있기 때문이다. 이를 비유적으로 말하자면 음양을 내포한 태극이 조화롭게 균형을 유지하고 순환하고 있는 형상이다.

동양에서는 용을 왕권의 상징으로 사용한다. 이 상징에는 왕이 현실세계를 조화롭게 이끌어가는 데 우주의 법칙을 따르는 정신적 에너지만으로는 부족하다는 삶의 통찰이 함축되어 있다. 만민을 이끌어갈 왕

헤스페리데스의 정원. 낙원에 있는 황금 사과나무를 감고 지키고 있는 용 라돈이 보인다.
프레드릭 레이턴의 그림

은 강한 원초적 생명력 또한 지녀야 하는 것이다. 본능적이고 물질적인 에너지가 강하되 그것이 저열한 힘에 끌리는 것이 아니라 완전하고 조화로운 하늘의 이치에 닿아야 하는 것이다.

동양의 용

몇천 년을 연못 속에서 견디며 힘을 축적한 뱀을 이무기라고 부른다. 이무기가 용이 되는 조건은 하늘의 '빛' 을 얻는 일이다. 연못 속에서 도(道)를 닦아 마침내 도에 통하게 되었을 때, 천둥 번개가 치는 밤하늘로 힘차고 유연하게 날아오르는 용의 모습을 그려보는 것은 누구에게나 감동적이고 황홀한 일이다. 그러나 한 걸음 떨어져서 그 이미지와 그것을 보며 황홀해 하는 사람의 마음을 분석해 보라. 도대체 그것이 황홀할 이유가 무엇이란 말인가?

우리의 내면이 그와 같은 것을 바라고 있지 않다면, 그 광경은 단지 커다란 뱀이 이상하게도 새처럼 날아 올라가는 하나의 물리적 현상일 뿐 감동으로 느껴질 까닭이 없는 것이다. 그것을 삶에 대한 비유로 받아들일 수 있을 때라야 비로소 승천하는 용의 모습은 가슴 저린 감동이 된다. 힘 있는 존재가 천지자연의 이치와 하나가 되었으니 얼마나 크고 웅대한 일들을 많이 펼치겠는가.

하지만 반대의 경우도 얼마든지 가능하다. 만약 연못 속의 이무기가 힘은 엄청난데 도를 닦지 못하고, 욕심만 사나워 닥치는 대로 잡아먹고, 무엇이든 빼앗아 제 것으로 차지하고, 포악하여 주변 모든 사람에게 해를 끼치는 두렵고 위협적인 존재라면 이것이 바로 서양의 용이다. 영웅에 의해 제거되어야 하는 몹쓸 괴물의 모습이 되는 것이다. 그

카드모스와 용. 프란체스코 추카렐리의 그림

리고 이 또한 인간에 대한 비유로 읽을 때 신화는 비로소 제 빛을 발하게 된다.

괴룡의 반지, 그 끝없는 욕망

이러한 용의 모티프가 현대 문화상품 속으로 들어온 경우를 우리는 잘 만들어진 성공한 영화들에서 끊임없이 만날 수 있다. 한 예로 옥스퍼드 대학의 영문학 교수였던 J. R. R. 톨킨의 판타지 소설을 영화화

한 「반지의 제왕」에 등장하는 마왕 '사우론'이다. 사우론은 영웅들에 의해 제거되어야 하는, 서양의 용이 가진 온갖 부정적 요소가 섞인 현대판 괴룡(怪龍)이다. 고대 문헌학자로 서양의 온갖 신화와 전설에 통달해 있던 톨킨은 옛 소재들을 새로이 반죽해 현대적 감각의 따끈따끈한 빵으로 다시 구워낼 줄 아는, 지적 깊이와 예술가의 재능을 겸비한 학자가 아닐 수 없다.

괴룡이 제 보물로 지키려 했던 '반지'의 의미가 무엇인지를 이해하는 독자나 관객은 톨킨이 제기하는 인간 보편의 문제에 고개를 끄덕이지 않을 수 없을 것이다. 동시에 그것은 바로 오늘 자신의 문제라는 생

욕망의 노예, 골룸. 잉게 에델펠트의 그림

각에 정신이 번쩍 들 것이다.

'반지' 란 바로 '자아의 욕망' , 그것도 '끝없는 욕망' 이기 때문이다. 반지를 소유하게 되면 부와 절대 권력, 젊음과 장수를 누리지 않는가. 욕망은 따지고 보면 그 자체로 생명의 에너지라고 할 수 있다. 아무것도 바라지 않는 삶이 있을까? 그것은 해탈이거나 생명의 포기이거나 둘 중 하나일 것이다. 그러므로 대부분의 사람들은 살아 있는 한 그 '욕망' 의 힘에 휘둘릴 수밖에 없는지도 모른다. 반지의 운반자 프로도의 경우에서 보듯 마지막 순간까지도 제 스스로 '욕망' 그 자체라 할 수 있는 '반지' 를 불 속으로 던져버리지는 못한다. 그것이 실존의 현실이다.

톨킨의 인간에 대한 깊은 이해는, 프로도 대신 반지 낀 프로도의 손가락을 물어뜯은 골룸이 기뻐 날뛰며 불길 속으로 떨어지게 만든다. 원래는 호빗족이었지만 욕망의 노예로 불쌍한 아귀가 되어버린 골룸은 실은 반지의 유혹을 이겨내지 못했을 때 변해갈 프로도의 모습이기도 하다.

욕망을 이기는 마음의 힘

판타지의 옷을 입은 이 현대판 신화에는 괴룡을 무찌르는 영웅들이 등장하는데, 이 영웅들의 모습에는 동양의 상서로운 용의 개념이 투영되어 있다.

그 대표적인 경우가 돌아와 제자리를 찾아야 할 왕자 아라곤이다.

어둠의 탑. 옆에 괴룡의 모습을 한 반지의 정령 나즈굴이 보인다. 존 하우의 그림

제 힘으로 왕의 자격이 있음을 증명하고, 조상의 죄를 갚고 등극하는 이 왕의 가장 큰 덕목이 무엇이던가? '자아의 욕망'을 경계하고, 세상을 위해 그 자아라는 것을 희생시킬 수 있는 의지와 용기였다. 그는, 개인의 욕망을 좇아 반지를 차지함으로써 온 세계를 위험에 빠뜨렸던 조상 이실두르의 위험한 피가 자신의 내면에도 흐를 것을 두려워했다. 그래서 곤도르의 왕위 계승자이면서도 그 반지가 화염산의 불구덩이 속으로 던져지기까지는 자신의 자리도 마다하고 반지원정대의 충직한 종복의 역할을 스스로 떠맡는 것이다.

동양의 용은 승천하면서 여의주를 얻는다. 비, 바람, 구름을 자유자재로 부리면서 천지만물을 융성하게 하는 용의 보물 여의주의 상징적 의미를 인간에게 적용시켰을 때에는 자신의 사적인 '욕망'을 넘어설 수 있는 위대한 자의 '마음의 힘'이라는 이야기가 되는 것이다. 그 여의주를 지닌 왕이 돌아온 곤도르에는 그 나라를 상징하는 흰색 나무가 다시 흐드러지게 꽃을 피우지 않겠는가.

4 지성으로 무장하다

앞 그림 | 바르톨로마이오스 스프랑게르의 「무지(無知)를 무찌르는 아테나」

지혜와 자유의 아이콘, 아테나

아버지의 머리에서 튀어나온 여신

그리스 신화에는 아름다운 여신이 갑옷과 투구를 걸치고 창과 방패를 든 완전무장한 모습으로 천지를 뒤흔드는 함성을 지르며 자기 아버지의 머리에서 튀어나오는 놀라운 장면이 있다. 고대 그리스인들이 가장 사랑했던 여신 아테나가 탄생하는 모습이 그것이다.

이 놀라운 이미지를 우리는 대체 어떻게 받아들여야 하는가. 아버지가 아이를 낳는다는 것도 그렇거니와 그 아기가 다 자란 어른의 상태로 머리에서 나온다는 것도 상식적으로 말이 되지 않기 때문이다. 그러나 말이 되거나 말거나 신화는 이 과학 만능의 시대에도 엄연히 건재할 뿐만 아니라 오히려 신선한 매력으로 여전히 우리를 잡아끈다.

어느 신화 전문가는 이 문제를 한 마디로 명쾌하게 풀어버린다. 신

아테나가 제우스의 머리에서 태어나는 모습

화란 고대인들이 구축해 놓은 "관념의 시운전장"이니 그 세계를 이해하고 싶거든 모쪼록 추상적인 개념들의 상관관계와 '이치'를 헤아려 보라고. 신화의 세계 속으로 들어가려면 우리는 언어에 대해 일상에서와는 완전히 다른 문법을 깨치고 있어야 한다. 상상력을 동원해야 하는 연상(association)의 문법이 그것이다.

지혜의 실체를 본 사람이 있는가? 지혜라는 개념을 눈앞에 환히 그려볼 수 있도록 누군가에게 쉽고 재미있게 설명해야 한다면 우리는 어떤 방법을 쓸 수 있을까? 추상적인 개념을 사람의 모습을 빌려 표현하는 것을 전문용어로는 알레고리라 하는데 고대 그리스인들이 사용했던 방법이 바로 그것이었다. 눈에 보이거나 손에 잡히는 것이 아닐지라도 지혜의 힘은 우리네 삶에 엄연히 작용하고 있으니 몸을 빌려줌으로써 그 힘을 가시화시켜 구체적으로 볼 수 있게 해주었던 것이다.

그러나 편의상 빌려준 몸은 어디까지나 이해를 돕기 위한 도구에 불과하므로 누구도 그 도구의 진위를 문제삼지 않는다. 중요한 것은 오히려 동원된 이미지들이 개념의 실체를 드러내기에 적합한가 아닌가 하는 점이다. 신화를 접하는 사람들은 상상의 공간에서 이미지를 통해 펼쳐지는 유희 속으로 초대되는 것이다.

그리스 신화에서는 앞일을 내다보는 능력을 가졌던 티탄족의 신 프로메테우스가 아테나에 대해 이런 예언을 한 것으로 되어 있다. "여신 메티스(사려깊은 충고라는 뜻)의 몸에서 장차 아버지를 능가하는 자식이 태어나 지배권을 행사하게 될 것이다."

이 말을 들은 제우스(밝고 환한 빛이라는 뜻)는 임신한 메티스를 통째로 삼켜버렸다. 그러고는 자신의 위치를 불안하게 하는 예언의 후환을 없애는 동시에 '사려깊은 충고' 또한 완전히 제 것으로 만들었다고 생각했다. 그런데 한참 시간이 흐른 어느 날 이 절대적인 지배자는 못 견디게 머리가 아파 뒹굴게 된다. 대장장이 신 헤파이스토스가 망치와 끌을 가지고 와 제우스의 머리에 조그만 구멍을 내자 거기서 이미 다 자란 아테나가 완전무장을 한 채 함성을 지르며 튀어나왔다.

아테나 탄생의 순서를 다시 한 번 짚어보면 이렇게 된다. 밝고 환한 '광명'의 힘이 '사려깊음' 속에 씨를 뿌리고 그것을 다시 거두어 제 밝고 환한 힘 속에서 오래 키워내어 다 자라자 배도 허벅지(도취와 쾌락의 신 디오뉘소스는 제우스의 허벅지에서 태어난다)도 아닌 머리를 통해 세상에 내놓은 것이 '지혜'이다. 이것이 고대인들이 본 지혜의 생성 과정이었다.

이보다 더 총명하고 아름다울 수는 없다

전사의 모습으로 탄생했지만 '지혜'는 무척 아름다운 모습으로 그려진다. 아테나는 헤라, 아프로디테와 더불어 가장 아름다운 여신의 자리를 놓고 경쟁하게 된다. 제우스의 아내였던 헤라가 올림포스의 여왕다운 도도하고 기품 있는 아름다움을 지녔다면, 바다의 거품에서 태어난 아프로디테는 녹아내릴 듯한 관능적인 아름다움으로 남신들의 혼을 흔들어놓는다. 그렇다면 갑옷 입고 투구 쓰고 창과 방패를 든 영원한 처녀신 아테나의 아름다움은 어떤 종류의 것이었을까?

사물의 보이지 않는 이면을 꿰뚫어보고 이치를 헤아리며, 일이 되어가야 할 방향을 판단하고, 그 방도를 모색하는 힘, 그것은 고도로 순화된 지적 능력이 뿜어내는 아름다움이다. 별빛처럼 맑고 명석하여 언뜻 보면 차가운 듯하나, 매사 양면을 함께 보기에 치고 벌하면서도 구제할 길을 열어놓고, 의롭고 용감한 영웅을 좋아하여 기꺼이 그를 돕는다. 올곧고, 민첩하고, 능숙하고, 치밀하면서도 자비로운 구석이 있다.

아테나가 일처리하는 방식을 보여주는 일화가 있다. 한번은 포세이돈의 부추김을 받은 헤파이스토스가 무기를 손볼 일이 있어 그의 일터를 찾아온 아테나를 겁탈하려 한 일이 있었다. 그러나 지혜의 여신이자 동시에 전쟁의 여신이기도 한 아테나가 순진한 대장장이 신의 어설픈 완력에 당할 리가 없었다. 달려드는 헤파이스토스를 피해 얼른 옆으로 비켜서자 흥분한 대장장이 신은 아테나의 다리에다 정액을 쏟고는 무안해서 얼굴을 붉히며 밖으로 나가버렸다.

아테나는 대수롭지 않게 옆에 있던 양털을 집어 다리에 묻은 액체를 닦고는 바닥에 버렸는데 이때 헤파이스토스의 정액이 대지에 스며들어 에뤼크토니오스(대지가 낳은 자라는 뜻)라는 아기가 태어나게 된다. 그러자 대지의 여신 가이아는 아테나 여신에게 아기를 알아서 처리하라고 맡겼다.

켄타우로스를 길들이는 아테나. 보티첼리의 그림

아테나, 헤라, 아프로디테 가운데 누가 가장 아름다운지를 판정하는 파리스. 파리스는 트로이아의 왕 프리아모스의 아들이다. 루카스 크라나흐의 그림

아테나는 아기를 상자에 넣은 다음 아티카의 왕 케크롭스를 찾아가 왕의 세 딸에게 상자를 맡기며 절대로 상자 안을 들여다보지 말라고 지시했다. 그러나 하지 말라고 하면 더 하고 싶은 것이 인간의 마음! 상자 안에 무엇이 들었는지 궁금해 안달을 하던 딸 둘은 결국 뚜껑을 열고 그 안에 있는, 아랫도리가 뱀인 아기를 보고 말았다. 너무 놀란 나머지 정신이 나가버린 두 딸은 아크로폴리스에서 뛰어내려 죽고 말

았다.

그 일이 있은 후 아테나 여신은 아기를 도로 찾아다 자신의 신전에서 손수 길렀다. 그러고는 훗날 케크롭스가 다스렸던 아티카 지역이 자신의 영역이 되자 청년으로 자라난 아기를 이제 아테나이라 불리게 된 그 도시의 왕으로 앉혔다.

일설에 의하면 케크롭스 왕 또한 몸의 아래쪽은 뱀이었다고도 하며, 생긴 모습은 기괴했으나 현명한 군주여서 사람이나 동물을 죽여 제물로 바치던 전래의 관습을 곡물로 대신하도록 고치고 일부일처제를 정착시키는 등 합리적인 통치를 한 명군이었다. 그 손에 아기를 맡겨 키우려 했던 케크롭스의 행적이 그러할진대 아테나 여신의 수양아들이나 마찬가지인 에뤼크토니오스야 말해 무엇 하겠는가.

왕이 된 에뤼크토니오스는 아티카 전역에 아테나 숭배를 정착시킨다. 올리브나무로 아테나 상을 깎아 아크로폴리스에 세우고 판 아테나이 축제를 시작한 장본인이 바로 그였다. 그는 훗날 눈부신 모습을 드러내는 아테나이 문명의 시조로 불려도 좋을 것이다. 손재주 좋은 헤파이스토스의 피를 물려받아서였는지 에뤼크토니오스는 발명에도 능해 스스로 바퀴 달린 휠체어 같은 것을 고안해서 타고 다녔다.

엉뚱한 욕정을 품고 자신에게 덤벼든 헤파이스토스에게 만약 다른 처녀신, 예를 들어 사냥의 여신 아르테미스였다면 어떤 반응을 보였을까? 아마 불같이 화를 내며 가차 없이 복수했을 것이다. 실제로 아르테미스는 숲속에서 목욕하는 자신의 알몸을 우연히 훔쳐본 사냥꾼 악타이온을 그 자리에서 사슴으로 변하게 해서는 데리고 다니던 사냥개에게 물려죽게 만든 적이 있다.

목욕하는 아르테미스를 훔쳐보는 악타이온. 주세페 체사리의 그림

그렇게 비교했을 때 아테나의 마음 씀씀이는 우리가 일반적으로 여성에게 기대하는 바와는 매우 다른 면모를 드러낸다. 처녀신이면서도 마치 산전수전 다 겪은 사려깊은 노파나 할 수 있는 판단과 행동을 하고 있는 것이다. 걸맞지 않는 폭력에 만만히 당하지도 않지만, 그 일에 애초부터 무슨 악의가 있었던 것이 아님을 아는 이상 쓸데없이 문제삼지도 않는다. 그리고 보라, 헤파이스토스의 자질을 물려받은 자식을, 생긴 모습이야 어떻든 간에 그 자질을 어떤 방식으로 실현해 낼 수 있을지를 정확히 판단해 최고의 상태로 노련하게 이끌어 완성시켜 놓고 있지 않은가. 밝고 환한 광명의 신 제우스가 가장 귀하게 아끼던 자식이 바로 아테나였다고 한다.

야생의 말보다 올리브나무를

아테나이가 아테나 여신의 도시가 된 데에는 다음과 같은 일화가 있다. 케크롭스가 다스리고 있던 아티카 지방을 놓고 서로 수호신이 되겠다고 주장하는 두 신이 있었으니 바로 해신 포세이돈과 지혜의 여신 아테나였다. 제우스를 비롯한 올림포스의 여러 신들은 이 문제를 정작 신을 모셔야 할 그 땅의 인간들 선택에 맡기기로 했다.

일이 그렇게 돌아가자 두 신은 각자 인간들의 지지를 얻기 위해 선물을 주겠다고 제의하게 된다. 포세이돈은 손에 들고 있던 삼지창으로 대지를 쳐서 땅에서 샘이 솟게 하고, 다시 그 샘에서 말이 솟아나오게 했다. 아름다운 야생의 말이었다. 흰 갈기를 휘날리며 발굽으로 대지를 차고 달리는 말은 인간들에게 어지간히 탐나는 선물이었다.

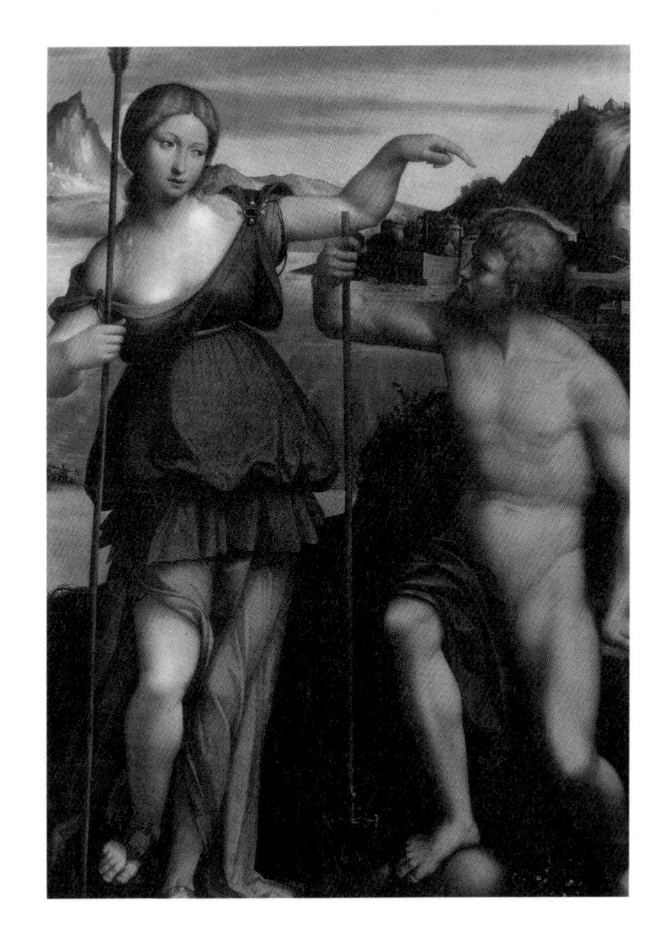

포세이돈과 아테나. 가로팔로(벤베누토 티시)의 그림

한편 아테나 여신이 준비한 선물은 열매를 주렁주렁 달고 가지를 늘어뜨린 올리브나무였다. 어느 것이 더 요긴하겠느냐는 신들의 물음에 케크롭스와 백성들은 올

천마 페가소스에 고삐를 채우는 아테나. 헤르메스가 이 일을 돕고 있다. 얀 뵈크호르스트의 그림

리브나무를 가리켰다. 그래서 그때부터 아티카 지방의 그 도시는 수호신의 이름을 따 아테나이라고 불리게 되었다.

눈치가 빠른 독자라면 아마도 아테나는 왜 사사건건 포세이돈과 부딪치느냐고 물을지도 모르겠다. 그러나 잘 생각해 보면 이유가 분명하다. 포세이돈이라는 신은 야성의 자연을 육화시킨 이미지이다. 결코 무시할 수 없는 거칠고 막강한 힘이다. 그렇다면 지혜는 다듬어지지 않은 자연과 어떤 관계에 있는가? 자연의 원리를 아는 힘, 그 원리를 여러 가지 방법으로 응용해서 쓰는 힘은 야성의 자연을 제어하는 힘이요 거친 자연의 조건들을 헤치고 나아가 조화롭고 아름다운 상태에 이르게 하는 힘이다.

포세이돈의 노여움을 사 트로이전쟁이 끝나고도 10년을 바다에서 떠돌며 고향 이타카로 돌아가지 못하던 영웅 오뒤세우스를 그 속박에서 풀려나도록 도와주었던 것도 아테나요, 아무도 길들일 수 없던 야생의 천마 페가소스(페가소스는 포세이돈의 자식이다)에게 고삐를 맬 수 있도록 영웅 벨레로폰테스를 도와주었던 것도 바로 이 여신이었음을 기억한다면, 포세이돈에게 왜 아테나가 달갑지 않은 존재인 동시에 힘에 부치는 상대인지를 이해할 수 있을 것이다.

결코 사랑에 빠질 수 없는 여신

아테나를 이해하려면 무엇보다 그 무장에 주의를 기울여 볼 필요가 있다. 태어날 때부터 그랬지만 이 여신은 늘 갑옷과 창과 방패로 완전무장한 모습으로 그려진다. 그런데 도대체 무엇에 대한 무장이란 말인가.

아테나는 전체적으로는 '지혜'를 대변하는 신이지만 실제 생활에서는 인간의 지적 능력이 개발해 낸 실용적인 모든 기술에 밝아 남성과 여성의 영역을 가리지 않고 두루 유능한 면모를 보인다. 남자들에게는 육지에서 농사짓고 나무 키우고 성벽 쌓고 관리하는 일, 여자들에게는 실 뽑고 옷감 짜고 옷 만드는 일을 고안해 가르쳤는가 하면, 바다에서

아레스와 싸워 이기는 아테나. 자크 루이 다비드의 그림

는 별자리를 보고 항로를 잡는 법, 배를 몰아 항해하는 법을 가르쳤다.

한편 전쟁의 여신이기도 한 아테나는, 탐나는 것이 있으면 무조건 쳐부수고 빼앗는 난폭한 전쟁신 아레스와는 대비되는 위치에 선다. 아테나는 전쟁을 하되 늘 의로운 전쟁을 했고, 공격보다는 스스로를 지키는 방어에 비중이 실렸으며, 전략과 전술에 탁월했다.

그렇다면 아테나의 관점에서 볼 때 삶이란 어쩔 수 없이 치러내야 하는 일종의 '전쟁'이요, 그것을 어떻게 '기술적'으로 '지혜롭게' 감당해 내느냐 하는 것이 문제라는 말이 될까? 그렇다. 그렇게 보아도 아마 크게 틀리지 않을 것 같다. 험한 바다를 건너는 데 항해술이란 일종의 전술에 다름아니며, 사계절이 바뀌는 대지에 곡식과 나무를 심어 농사짓는 일, 실을 잣고 옷감을 짜고 옷을 만드는 일, 집을 짓고 성벽

직조하는 여인들의 뒷배경으로 아테나와 아라크네의 이야기가 그려져 있다. 디에고 벨라스케스의 그림

을 쌓고 삶의 터전을 지키는 일, 그 모두가 따지고 보면 살아가기 위한 싸움을 최대한 순리대로 조화롭게 치러내는 전술에 다름아니기 때문이다.

올림포스 신들의 무수한 연애 이야기에도 불구하고 아테나가 사랑에 빠져 눈이 멀었다는 이야기는 어디에서도 찾아볼 수 없다. 이치가 그렇지 않은가. 사랑은 그 속성상 넘칠 수밖에 없는 것이요 맹목으로 자신을 내려놓는 일이다. '빛나는 눈의 여신', 어둠 속에서도 불 밝힌 눈으로 사물을 볼 수 있는 '부엉이'를 아이콘으로 거느린 아테나가, 달되 시작하면 끝이 있고 고통스러운 것이 사랑임을 헤아리는 마당에 눈감고 그 안에 뛰어들 리가 없는 것이다.

메두사의 오만이 부른 끔찍한 형벌

의로운 용기를 누구보다 사랑한 아테나는 분별없는 욕심과 어리석은 오만을 두고 보지 못했으니, 아테나의 방패에 혹은 갑옷에 장식처럼 달려 있는 메두사의 머리는 이에 대한 증명이요 경고라고 보아도 좋을 것이다.

메두사는 원래 눈부시도록 아름다운 처녀로 아테나 신전의 여사제였다. 그녀는 머리카락이 유난히 아름다웠는데, 자신의 아름다움을 누구보다 잘 알고 있었기 때문에 우쭐해 하고 으스대기를 좋아했다. 메두사는 급기야 제 머리카락이 아테나 여신의 것보다 더 아름답다는 오만한 소리를 공공연히 하고 다녔다. 그러고는 자신을 탐하는 포세이돈에게 몸을 허락해 처녀신인 아테나의 신전에서 해신 포세이돈과 사랑을 나누는 엄청난 불경을 저지르고 말았다.

아테나는 이 오만방자한 메두사를 흉측한 괴물로 만들어버렸다. 아름답다고 자랑하던 그 머리카락을 올올이 뱀으로 바꾸어 그 모습을 보는 순간 누구나 그 자리에서 돌로 굳어버리는 괴물이 되게 한 것이다. 그러고는 훗날 영웅 페르세우스가 베어온 메두사의 머리를 자신의 방패에 달았다. 그리하여 사람들은 아테나의 방패를 볼 때마다 오만으로 인해 기막힌 아름다움이 더할 수 없는 추함으로 변할 수도 있다는 이치를 되새기지 않을 수 없었다.

지혜란 바로 이 양면을 보는 힘이다. 메두사에게 아름다움은 자랑거리임이 분명했지만 그 아름다움과 그로 인한 오만 때문에 엄청난 대가를 치르지 않는가. 도처에 위험이 도사린 우리네 삶에서 대립되는 여러 힘들 간에 아슬아슬한 균형을 취하며 그래도 힘 있고 아름답고 조화롭게 살아가기 위해 그리스 사람들은 이 여신의 이미지를 필요로 했다. 순결한 처녀신임에도 불구하고 이 여신의 행동에는 칠십 노파의 사려깊음과 어머니처럼 따뜻한 용서와 자비로움이 있다. 그런가 하면 메두사에게 했던 것처럼 가차 없는 엄격함 또한 지니고 있다. 필요 없는 싸움이나 부당한 공격은 하지 않지만 불가피한 경우에는 언제라도 창을 들고 일어설 수 있는 용맹함과, 무궁무진한 기술을 개발해 이지적으로 조화롭게 쓸 수 있는 지력으로 남녀의 구분을 넘어서고 있는 것이다.

유재원 교수는 최고 신 제우스가 할 일을 이 영특한 딸이 대신하고 있는 것 같다고 지적하고 있는데 맞는 말이다. 그리스적 정신의 높이는 이 '지혜'를 지향했던 사람들의 욕구에 기초하고 있다. 자연과 인간의 조건을 통찰하고 그 조건에 맞추어 스스로를 조절하는 힘 '지혜'는 이미 그 자체로 인간의 한계를 넘어서려는 의지였다. 인류 문화의 정점으로 꼽히는 시기, 아크로폴리스의 중심에 세워졌던 저 파르테논 신전의 주인이 제우스가 아니라 아테나였던 것을 보면 "아비를 능가하는 자식이 태어나 지배권을 행사하리라"던 프로메테우스의 예언은 딱 들어맞았던 것인지도 모르겠다.

메두사의 머리

아테나와 자유의 여신상

그런데 이러한 아테나가 대단히 원형(原型)적인 이미지라는 사실을 사람들은 알고 있을까. 아테나는 처녀신이면서도 어딘지 어머니 같은 구석이 있고, 여성인데도 어딘지 남성 같은 면이 있으며, 크고 아름답고 지적이고 강인하여 자신도 모르게 의지하고 싶고 신뢰가 가는 현대적 여성의 이미지도 함께 지니고 있다.

오늘날 사람들은 일상생활 속에서 아이콘을 즐겨 쓴다. 어떤 내용을 하나의 이미지로 압축시켜 전하는 응축된 힘을 가지고 있기 때문이다. 흔히 접하는 여러 광고에서 미국을 대변하는 아이콘으로 가장 즐겨 사용하는 것은 아마도 '자유의 여신상'일 것이다. 이 자유의 여신상이 어떻게 하여 다른 모든 이미지들을 제치고 미국을, 그리고 그 문화의 중심인 뉴욕을 대표하게 되었는지를 생각해 보는 사람은 별로 없으면서도 사람들은 당연하게 그 이미지를 미국의 상징으로 받아들인다. 그런데 이 자유의 여신상이 현대적 모습으로 재현된 아테나의 이미지라는 것을 알게 되면 놀라지 않을 수 없을 것이다.

아테나. 파르테논 신전에 세웠던 그리스 조각가 페이디아스의 작품을 로마시대에 모사한 것. 예술사가들은 원래의 조각이 훨씬 아름다웠을 것으로 추정한다.

유럽에서 새로운 대륙으로 건너와 미국이라는 나라를 세웠던 사람들의 가슴 속에는 인간의 생명에 깃든 고귀한 힘과 그 힘의 권리를 찾아 제대로 누리며 살겠다는 자유에의 열망이 벅차게 깃들어 있었다. 그러한 이상과 열망의 상징으로 독립 110주년이 되던 해, 뉴욕 항에 세운 거대한 자유의 여신상은 그 기본적인 이념에서 2,500년 전 아테나이에서 최초로 민주주의가 꽃피던 시절 아크로폴리스 언덕 파르테논 신전에 세워졌던 아테나 여신상과 다르지 않은 것이다.

고대 그리스의 조각가 페이디아스의 조각상과 자유의 여신상을 비교해 보면 사람들은 두 여신상을 구성하고 있는 컨셉트가 같다는 사실에 동의하지 않을 수 없을 것이다. '광명' 그 자체인 아버지 제우스의 영광을 차지한 딸답게 아테나의 투구는 빛을 뿜는 관 모양을 하고 있다. 이 신적인 힘 '광명'은 인류 역사에서 이미 오래 전에 인간의 지적인 힘인 로고스(logos), 즉 '이성'으로 내재화되었다. 자유의 여신상은 오른손에 횃불을 높이 치켜들어 5대양 6대주에 사는 모든 사람에게 이성적인 깨달음을 재촉하고, 왼손에는 미국의 독립과 자유를 새긴 석판을 들고 있으며, 머리에는 빛을 뿜고 있는 듯한 관을 쓰고 있다.

미국의 독립과 자유를 상징하는 자유의 여신상

아테나는 본질적으로 인간을 계몽하여 신적인 '광명'으로 이끌어가는 힘, '지혜'이다. 그녀의 오른손 위에 서 있는 승리의 여신 '니케'가 자유의 여신이 오른손에 들고 있는 횃불의 결과라면, 왼손에 들고 있는 '지혜'의 방패는 바로 자유의 여신이 왼손에 들고 있는 '독립'과 '자유'의 수단이 아니던가. 2,500년이라는 긴 시간을 사이에 두고 세계 정상의 힘과 문화를 누리는 두 나라, 두 도시의 이념이 같은 것에서 비롯하고 있음을 깨닫는 것은 놀라운 일이 아닐 수 없다.

명징한 예지력, 아폴론

왕뱀 퓌톤을 활로 쏘아죽이다

신비로운 신화의 세계를 이해하려면 각각의 신의 이미지에 깃들어 있는 삶의 에너지가 무엇인지를 파악할 필요가 있다. 그야말로 귀신같이 활을 쏘아 맞히는 명궁이자 음악, 의술, 예언을 관장하던 태양신 아폴론의 에너지는 그 앞에 무엇도 숨어 있을 수 없는 명징한 '예지력'이었다.

제우스의 사랑을 받았던 아폴론의 어머니 레토는 헤라의 질투를 피해 델로스 섬에서 아폴론과 아르테미스 남매를 출산했다. 이 섬은 레토의 동생 아스테리아(별의 여신)가 제우스의 추격을 받다가 피할 수 없는 지경에 이르자 바위로 변해 바다 속으로 잠겨버렸던 것이 작은 섬이 되어 떠오른 델로스(떠올라 보인 섬)였다고 전해진다. 헤라의 보복이 두려워 만삭이 된 레토에게 그리스 땅 어느 곳도 아기 낳을 곳을 허락하지 못하고 있을 때, 언니의 처지를 가엾게 여긴 아스테리아가 바다 위로 떠올라 주었던 것이다.

레토와 뤼키아 농부들. 프란체스코 알바니의 그림

아폴론은 태어나자마자 광명의 신인 아버지 제우스의 영광을 노래했다고 한다. 이치의 여신 테미스에게서 양육된 아폴론은 며칠 만에 청년으로 성장하여 활을 메고 파르나소스 산으로 달려간다. 헤라의 사주를 받고 자신의 어머니 레토를 괴롭혔던 거대한 뱀 퓌톤을 쏘아 죽이기 위해서였다. 원래 이 산에는 거대한 한 쌍의 뱀이 살고 있었는데 수놈은 퓌톤, 암놈은 퓌티아라 불렸다. 이 이름에는 '신을 섬기는 자', 즉 '무(巫)'의 뜻이 들어 있다. 퓌톤을 쏘아 죽인 아폴론은 그 스스로 무신(巫神)이 되었다.

퓌톤의 아내와 신탁

그러나 이 뱀들은 헤라가 돌봐주는 특별한 존재들이었기 때문에 입장이 난처해진 제우스는 아들 아폴론을 템페강 유역으로 귀양 보내 그

아폴론의 신탁을 전하는 퓌티아. 신관의 의자인 삼각대에 앉아 있고, 그 의자를 뱀이 감고 있다.

대가를 치르게 했다. 인간 세상에서의 유배를 마치고 돌아온 아폴론은 파르나소스 산 기슭의 델포이 신전을 차지하고 그가 쏘아 죽인 왕뱀 퓌톤의 아내 퓌티아를 인간의 모습으로 바꾸어 자신의 신탁을 인간에게 전하는 여제관으로 삼았다.

퓌티아는 신탁을 들으러 온 사람들에게, 신전 바닥의 갈라진 틈에 배를 깔고 엎드려 땅 속에서 올라오는 김을 쏘이게 한 다음 트랜스 상태에 빠져 아폴론의 뜻을 전했다. 그런 후 깨어나면 자신이 무슨 말을 했는지 몰랐다.

이렇듯 아폴론이 뱀과 밀접한 연관을 맺고 있다 보니 고대 예술 작품들 중 아폴론의 조각이나 그림에는 거대한 왕뱀이 함께 그려진 것들이 많다. 여기서 우리가 주목해야 할 것은 태어나 곧바로 왕뱀을 활로 쏘아 죽이고 역시 뱀이었던 그 아내를 데려다 신관으로 삼아 사람들이 알 수 없는 영역을 들여다보며 신탁을 내리는 아폴론을 어떻게 이해해야 하는가 하는 점이다.

그리스의 신들이 실은 인간의 가면을 쓴 추상적인 삶의 에너지들이라는 신화학자들의 의견을 받아들인다면, 아폴론의 에너지는 어떤 종류의 것인가를 아는 일이야말로 아폴론을 제대로 아는 일이 될 것이기 때문이다.

보이지 않는 것을 꿰뚫어보는 궁술의 신

그리스 사람들이 아폴론이라는 신을 통해 이미지화하고 있는 에너지는 바로 '예지'의 힘이다. 보이지 않는 것을 통찰하고 적확하게 꿰뚫어보는 힘이 우리 삶에 엄연히 작용하고 있음을 부인할 사람은 아무도 없을 것이다. 그리고 그 힘이 얼마나 중요한 역할을 하는가의 문제 또한 재론의 여지가 없다. '광명'의 아들인 이 예지의 힘에 고대 그리스 사람들은 태양신의 지위를 부여했다.

그 앞에서는 어떤 것도 어둠에 가려지지 못하는, 모든 것을 꿰뚫는 힘은 활을 쏘면 백발백중 목표를 맞추고, 왕뱀이라는 '본능'의 괴수 또한 정확히 쏘아 맞춘다. 이는 다시 말하자면 왕뱀으로 표상되는 원초적 '생명력'의 움직이는 이치를 훤히 들여다본다는 이야기다. 그렇다면 인간이라는 생명체의 움직이는 원리와 작용을 훤히 꿰뚫고 있는 마당에 그 전후의 일이 어떻게 일어나고 원인과 결과가 무엇인지를 아는

아폴론. 아폴론은 드물게 사자들이 끄는 수레를 타고 다니는 것으로 그려지기도 한다. 리비에르의 그림

것은 당연한 일이 아닌가. 아폴론이 '예언'의 신이 될 수밖에 없는 이치가 바로 여기에 있다.

그리고 이러한 이치는 아폴론이 궁술의 신인 이유이기도 하다. '과녁을 적중시킨다'는 것은 물리적인 세계에서만 일어나는 일이 아니라 보이지 않게 움직이는 정신작용의 모든 영역에도 해당되는 일임을 암시한다고 보아야 그 비유를 제대로 읽는 것이기 때문이다.

뮤즈를 거느린 예술의 수호신

아폴론이 예술의 수호신으로서 시와 노래, 음악을 관장하는 무사이 여신들(예술가들에게 영감을 주는 뮤즈가 바로 이들이다)을 거느리며, 이러한 권능 또한 '예지'에서 비롯된다는 신화의 속뜻은 우리에게 좀더 깊은 성찰을 요구한다.

예술이 무엇인가. 예술가는 보통 사람들이 미처 깨닫지 못하는 삶의 진실들을 더 깊이 들여다보고 그것을 구체화시켜 보여준다. 그럼으로써 존재의 피상적 차원에 머물며 근원을 잊고 지내는 사람들에게 자신을 돌아보게 해주는 매개자의 역할을 한다. 그런 예술가에게 삶의 껍질 속을 들여다보는 예지가 없다면 그가 무슨 수로 사람들의 심금을 울릴 수 있겠는가.

아폴론은 그 스스로 기막힌 노래를 지어 부르고 누구도 따를 수 없는 음악을 연주하는 음악의 신이다. 아폴론이 거느리고 다니는 무사이 여신들은 제우스가 므네모쉬네(기억) 여신을 사랑하여 낳은 자매들로

아폴론과 무사이 여신들. 마르탱 드 보스의 그림

서 신화에서는 세 명이라고도 하고 아홉 명이라고도 한다.

연습 중인 세 무사이. 라 쉬에르의 그림

삶의 본질을 꿰뚫고 그 이치와 실상을 노래하는 아폴론 앞에 감동하지 않을 존재가 있겠는가. 그래서 아폴론은 올림포스 신들 가운데서도 특별히 존중받는 신 중 하나였다. 노래를 부르면 인간들은 물론 신들까지도 감동시키고, 심지어 동식물과 생명이 없는 돌과 바위들까지도 귀기울이게 만들었다는 가인(歌人) 오르페우스. 그가 아폴론과 무사이 여신 중 하나인 칼리오페 사이에서 태어난 아들이라는 전설은 그런 맥락에서 보면 너무 당연해 보인다.

아폴론이 또한 의술의 신이라는 사실도 이 신의 본성인 '예지'와 근원적인 면에서 일맥상통한다. 의사가 환자를 진단하고 병이 낫도록 처방하는 데 필요한 힘이 무엇인가. 환자에게 무엇이 문제인지를 정확히 짚어내고, 잘못된 부분을 원상으로 되돌려놓을 분명한 방법을 제시하려면 전체의 이치와 그 작동 방식을 통째로 꿰고 판단하여 적확한 답을 찾아내는 예지의 힘이 동원되어야 하는 것이다.

아폴론의 의술의 힘은 훗날 그가 코로니스에게서 낳은 아들로 사람들에게 의성(醫聖)이라 불리는 아스클레피오스에게 전해져 수많은 사람의 목숨을 구하게 된다.

세련된 에너지에 대한 인간의 동경

이런 힘을 대변하는 아폴론은 어떤 모습이었을까를 상상하는 일은 사람들에게 큰 즐거움을 선사한다. 특히 캐릭터의 특성과 이미지를 구상해야 하는 문화 콘텐츠 개발자들에게는 좋은 훈련이 될 것이다.

아폴론은 그리스 남신들 중에서 가장 아름다운 미남 신이다. 밝고, 명료하고, 군더더기 없는, 균형과 조화가 극치를 이룬 세련된 아름다움을 드러낸다. 태양신으로 '포이보스'라 불렸던 아폴론은 고대 그리스인들에게 지혜의 여신 아테나와 함께 지성과 문화의 상징이었다. 주의깊게 살펴보면 아폴론과 관련된 모든 이야기에서 독자들은 '예지'의 힘을 가진 존재가 인간의 모습으로 표현될 때 어떤 양상으로 드러나는가를 볼 수 있다. 아폴론은 예지력을 갖춘 인간의 전형적인 모델이라고 할 수 있다.

음악을 연주하는 아폴론. 브리턴 리비어의 그림

아폴론은 그가 대변하는 힘의 특성으로 인해 그 활동 영역이 지혜의 여신 아테나와 겹쳐지는 부분들이 있다. 그러나 아테나가 깊고 슬기로운 마음씀을 보이는 데 비해 아폴론의 밝음과 예리함에는 냉정하고 잔인해질 수 있는 가능성이 숨어 있다.

현대 문화상품에 등장하는 인물들 가운데 아폴론의 모습에 비교적 가까운 이미지를 들라면 「반지의 제왕」에 나오는 요정족의 왕자 레골라스를 생각해 볼 수 있다. 이 영화에 등장하는 다양한 종족 가운데 요정족은 그 정신적 에너지가 가장 높고 순화된 종족이다. 현실에서 우리는 따로 요정족을 만나지 못하지만, 요정족이라는 개념 자체를 하나의 비유로 받아들일 수는 있다. 안에 돌고 있는 기운이 보통 사람들보다 훨씬 더 자연의 이치, 우주적 에너지에 가까운 사람들에게서 이 요정족의 특성을 볼 수 있기 때문이다.

그런 사람들은 전체적으로 밝고, 맑고, 조화롭고, 균형 잡힌 아름다움을 지니고 있으며, 멀리 내다보는 안목과 빠르고 정확한 판단, 자연친화적이면서도 고도로 세련된 외모와 생활방식을 가지고 있다.

인간의 내면에 이러한 높은 에너지에 대한 동경이 강하다는 것은 유럽의 박물관에서 그 많은 조각이나 그림들 가운데 특히 아폴론이나 아테나를 다룬 것이 많다는 데서도 증명된다.

그런데 우리의 실생활은 「반지의 제왕」의 다양한 종족들 가운데 어느 종족에 가까울까? 톨킨의 비스듬한 미소가 보이는 듯하다.

프로메테우스의 인간 프로젝트

미리 아는 자, 인간을 창조하다

그리스 신화에는 까마득히 높은 절벽 쇠기둥에 묶여 독수리에게 끊임없이 간을 파먹히는 프로메테우스의 이야기가 등장한다. 간은 그 특성상 상당 부분이 잘려나가도 계속 재생되므로 독수리는 주기적으로 날아와 다시 자라난 간을 파먹는 것으로 되어 있다.

상상만 해도 몸서리가 쳐지는 이 이미지는 그러나 그 끔찍함으로 인해 신화를 읽는 사람의 뇌리에 깊이 각인되게 마련이다. 삶의 은밀하고도 신비로운 현상을 비유적으로 그려 보이기 때문에 대부분 속뜻을 이해하기 힘들지만 그래도 신화에는 늘 엄연한 논리가 내재해 있다.

프로메테우스는 도대체 무슨 연유로 이런 고통을 받아야 하는 것일까? 이 이야기에는 인간의 기원과 인류 문명의 발단, 그리고 신과 인간의 관계에 대한 고대 그리스인들의 생각이 녹아 있다.

프로메테우스는 티탄 신족인 이아페토스의 아들로 그 이름의 뜻이 '미리 아는 자' 이다. 앞으로 일어날 일을 예견하는 능력을 가지고 있어서 올림포스 신들이 티탄 신족과 전쟁을 벌였을 때 제우스 편을 들어 다른 티탄들처럼 무한지옥에 갇히지 않고 살아남을 수 있었다. 이 예지자 프로메테우스와 '뒤 늦게 아는 자' 라는 뜻의 이름을 가진 그의 동생 에피메테우스에게 인간을 창조하고 아울러 다른 동물들에게도 제각기 살아가는 데 필요한 능력을 주라는 임무가 맡겨진다.

재미있는 것은 인간 창조와 관련된 이 두 형제의 이름이 '미리 아는 자' 와 '뒤늦게 아는 자' 로 갈리지만 둘 다 '아는 것' 이 강조되고 있다는 점이다. 프로메테우스가 인간을 창조하는 광경은 성경에서 하느님이 인간을 창조하실 때 흙으로 당신의 모습을 본 떠 인간을 빚고 코에 숨을 불어넣어 생명을 부여하는 장면을 떠올리게 한다.

프로메테우스는 진흙으로 인간을 빚어 그늘에서 잘 말렸다. 그런데 흙덩이에 불과한 이 인간에게 생명을 불어넣은 것은 그리스 신화에서는 지혜의 여신 아테나였다. 아테나는 나비 한 마리를 잘 마른 흙 인형의 코 속으로 날아 들어가게 했고, 그로써 인간에게 영혼이 깃들게 되었다. 여기서 '나비' 는 고대로부터 여러 문화권에서 '변용' 의 상징으로 쓰였다는 점을 주목할 필요가 있다.

끊임없이 먹어대야 하는 징그러운 애벌레로 상당한 시간을 보내고, 답답한 고치 속에서 역시 오랜 시간을 견딘 후, 마침내 껍질을 벗고 아름다운 모습으로 홀연히 날아오르는 나비의 성장 과정을 옛 사람들은 인간 영혼이 나아가는 과정과 비슷하다고 여겼던 모양이다.

신들의 불을 훔쳐오는 프로메테우스. 얀 코시에르스의 그림

프로메테우스의 끝없는 고통

자신이 만들어낸 인간들에 대한 애정이 두터웠던 프로메테우스는 이들에게 어떤 능력을 주면 좋겠느냐고 에피메테우스에게 물었다. 그러자 늘 행동이 앞서고 그다지 사려가 깊지 못한 동생은 여러 동물들에게 이미 이런 저런 능력들을 다 주어버렸기 때문에 남은 것이 없다고 대답했다.

살아가는 데 가장 유용한 것을 인간들에게 선물로 주고 싶었던 프로메테우스는 고심 끝에 천상에 있는 신들의 불을 가져다주기로 결심한다. 아테나의 마차를 얻어타고 올륌포스로 올라간 그는 제우스의 벼락에서 불씨를 훔쳐 속이 빈 회향나무 대롱 속에 감추어 가지고 내려와 인간들에게 전해주었다. 혹자는 프로메테우스가 아폴론의 태양마차에서 불을 붙였다고도 하고, 다른 곳에서는 또 아테나의 마차에서 불씨

흙으로 인간을 빚는 프로메테우스. 왼쪽에 에피메테우스와 판도라가 보인다. 피에로 디 코시모의 그림

를 훔쳤다고도 하나 그 본질적인 의미는 다르지 않다.

프로메테우스의 이 대담한 행동에서 그가 인간에게 궁극적으로 무엇을 기대했던가를 짐작할 수 있겠는가? 여기서 불을 물리적, 형이하학적 차원을 넘어 추상적, 형이상학적 에너지까지를 포함시켜 생각해 보면 이야기는 엄청나게 커질 수 있다.

제우스는 광명의 신이다. 그의 빛 앞에서는 어떤 것도 어둠에 가려져 있을 수 없는 로고스의 힘 자체이다. 그것을 가져다주었다는 것은 그 빛을 받은 인간도 사용법을 제대로 알게 된다면 원래의 소유자인 신들처럼 될 수 있다는 이야기가 되는 것이다.

불씨를 훔친 죄로 제우스의 벌을 받고 있는 프로메테우스. 귀스타브 모로의 그림

프로메테우스가 신들의 불을 훔쳐 제가 만든 인간들에게 주었다는 사실을 알게 된 제우스는 노발대발해서 그를 코카서스 산정 절벽에 매달고 자신의 신조(神鳥)인 독수리를 보내 매일 간을 파먹게 해 고통을 주었다.

신족의 후손이라 죽지도 않는 프로메테우스의 이 '끝없는 고통'은

후에 인간으로서 신의 경지에 오르는 헤라클레스가 제우스의 명을 받고 와 독수리를 활로 쏘아 죽이고 사슬을 풀어줄 때까지 계속된다.

아테나, 인간 프로젝트의 공범

여기서 한 가지 주목할 점은 프로메테우스의 인간 창조와 불 도둑 사건에 지혜의 여신 아테나가 깊이 개입하고 있다는 사실이다. 그리스 신화에서 제우스와 프로메테우스 사이의 관계는 상당히 다층적이고 양가적이다.

예견 능력을 갖춘 이 티탄 신족의 후예를 제우스는 만만히 보지 못하는데, 이는 프로메테우스가 제우스의 왕좌를 뺏을 자식이 누구의 몸에서 태어날지를 알고 있기 때문이었다. 자신의 아버지인 크로노스를 거세하고 지배권을 쥔 제우스는 그 또한 늘 제 자식에게 자리를 빼앗길지도 모른다는 불안감을 안고 있었고, 프로메테우스는 바로 그렇게 되리라고 예언한 적이 있었던 것이다.

사슬에 묶여 독수리에게 간을 쪼아 먹히고 있는 프로메테우스. 루벤스의 그림

재미있는 것은 결과적으로 제우스를 능가해 그 자리를 차지한 자식이 바로 제우스의 머리에서 태어난 여

「은하의 탄생」. 아테나가 기지를 발휘해 아기 헤라클레스를 안고 헤라의 젖을 먹여주고 있다. 그때 흘린 헤라의 젖이 은하수가 되었다고 한다. 틴토레토의 그림

신 아테나라는 점이다. 인류 문화의 황금시대를 구가했던 아테나이 시의 아크로폴리스에 우뚝 선 파르테논 신전을 보면서 사람들은 프로메테우스의 예언에 오늘도 고개를 끄덕인다고 한다. 최전성기 아테나이 시의 상징과도 같은 이 신전은 제우스의 것이 아니라 바로 여신 아테나를 모시기 위한 것이었기 때문이다.

아테나는 그 지혜의 힘으로 보이지 않는 것을 내다보는 눈 밝은 여신이다. 프로메테우스가 인간을 처음 만들어냈을 때 그 흙덩이에 영혼을 불어넣은 것도 아테나요, 불을 훔치러 천상으로 올라갈 때 자기 마

차를 빌려주고 불을 담아올 도구로 속 빈 회향나무 대롱을 쓸 것을 귀띔해 준 것도 아테나라면 이 지혜로운 여신은 '인간' 이라는 멀고 먼 프로젝트에서 일찌감치 프로메테우스의 공범이었다는 이야기다.

슬기로운 아테나가 아버지 제우스의 뜻을 거스르면서까지 프로메테우스를 도운 이유는 무엇일까? 또 프로메테우스는 무엇을 알고 있기에 제우스의 모진 고문이 닥치리라는 것을 알면서도 인간들에게 불을 훔쳐다주었을까? 훗날 헤라클레스가 자신을 풀어주게 되리라는 것까지도 그는 알고 있었던 것일까? 제우스는 왜 인간 헤라클레스가 신들에게도 힘에 부쳤던 기간테스(거인족)들과의 전쟁을 승리로 끝내자 바로 그 손으로 프로메테우스를 풀어주라는 명을 내렸던 것인가?

프로메테우스 이야기에는 이 모든 의문들에 대한 답이 녹아 있지만 신화의 이야기 방식이 늘 그렇듯 어디까지나 비유에 그칠 뿐 그 답을 찾아내거나 믿는 것은 전적으로 독자의 몫으로 남는다.

인류 최초의 여자, 판도라

불 도둑 사건으로 프로메테우스를 절벽에 매단 제우스는 인간들에게도 벌을 내렸는데 그 방법이 독특했다. 못 만드는 것이 없는 대장장이 신 헤파이스토스를 시켜 진흙으로 여자를 만들게 해 에피메테우스에게 선물로 보낸 것이다.

제우스가 주는 것은 무엇이든 경계하라고 일렀던 형의 경고에도 불구하고 에피메테우스는 판도라라는 이름의 이 매력적인 선물을 덜컥

받아 아내로 삼았다. 에피메테우스에게 보내지기 전에 올림포스의 여러 신들로부터 온갖 선물을 받은 판도라는 그 이름이 '모든 선물을 받은 자'라는 뜻이다. 제우스는 이 인류 최초의 여자에게 조그만 상자 하나를 건네주며 무슨 일이 있어도 열어서는 안 된다고 경고했다.

상자를 들고 있는 판도라. 알렉상드르 카바넬의 그림

그러나 신화에서 금기란 어쩌면 깨어지기 위해 있는 것인지도 모른다. 결국 도저히 호기심을 참을 수 없게 된 판도라는 상자를 열었고, 마치 기다렸다는 듯 그 속에서 온갖 죄악과 질병이 튀어나왔다. 판도라는 기겁을 하여 다시 뚜껑을 닫았지만, 이미 때는 늦어 안에 있던 모든 것이 빠져나온 후였고, 이제 상자 안에는 그저 '희망' 하나만 달랑 남아 있게 되었다. 그리스 신화의 이 대목을 읽으면 절로 머릿속에 떠오르는 장면이 있다. 절대로 따먹지 말라던 인식의 나무 열매에 살그머니 손을 가져가는 인류의 어머니 이브의 모습이다.

그후 인간 세상은 질병과 탐욕, 오만, 시기 등 온갖 죄악으로 황폐해져 갔다. 인간들의 한심한 꼴을 내려다보고 있던 제우스는 홍수를 일으켜 모두 쓸어버리기로 결심한다.

그런데 이러한 제우스의 계획을 미리 읽은 프로메테우스는 자신의 아들 데우칼리온과 그 아내 퓌라(에피메테우스와 판도라 사이에서 난 딸)에게 배를 만들게 하고 그 속에 음식을 저장해 닥쳐올 홍수에 대비하게 했다. 하늘이 뚫어진 듯 억수같이 퍼붓는 비로 온 세상이 물에 잠긴 후 데우칼리온과 퓌라의 배가 아흐레 만에 파르나소스 산 꼭대기에 닿았을 때, 세상의 모든 인간은 죽고, 남은 것은 그들 둘뿐이었다. 제우스도 이 둘이 살아남은 것을 보았지만 그들은 다른 인간들과 달리 신들을 공경하며 착하게 산 것을 알기에 그대로 남겨두고 홍수를 거두었다.

데우칼리온과 퓌라가 어깨 뒤로 돌을 던지고 있다. 안드레아 델 밍가의 그림

인간에게 건네진 빛과 그림자

물이 빠지자 근처에 있던 이치의 여신 테미스의 신전으로 들어간 데우칼리온과 퓌라는 정성껏 감사의 기도와 제물을 올리고 인류를 다시 일으켜 세울 신탁을 물었다. 답은 "두 눈을 가리고 등 뒤로 네 어머니의 뼈를 던지라"는 것이었다. 처음에는 도저히 따를 수 없는 명이라 여겼지만 차츰 어머니는 대지요 뼈는 돌이라는 추측을 하게 되었고 시키

프로메테우스를 구하는 헤라클레스. 5세기 청동 상자의 장식 그림

는 대로 해보았다. 그러자 과연 등 뒤로 던져진 돌이 모두 사람으로 변했고 다시 인간의 세계가 열리게 되었다.

제우스와 올림포스의 신들이 기꺼워하며 사랑해 피를 섞고 자식을 낳기도 했던 인간들은 모두 이 새로 탄생한 인류였을 테고 그렇게 해서 프로메테우스의 사슬을 풀어줄 헤라클레스도 태어나게 된다. 제우스의 사랑을 받은 인간 여인 알크메네의 몸에서 태어난 영웅 헤라클레스의 삶과 행적을 유심히 살펴본 사람들은 그가 온 몸과 마음으로 겪고 넘은 고난의 과정들이 저 판도라의 상자에 들어 있던 온갖 질병과 악덕에 다름아니었음을 알게 될 것이다.

프로메테우스는 인간에게 '빛' 을 훔쳐다 주었지만 제우스는 거기에 '그림자' 를 딸려 보냈다. 그 '그림자' 를 극복해 넘어서지 못하고는 인간은 '빛' 을 누릴 수 없는 것이다. 아니 오히려 그 '불' 이 거꾸로 인간을 태워버리기도 한다는 것을 우리는 인류사를 통해 무수히 보아 오지 않았는가.

절벽에서 풀려나며 인간 세상을 내려다보는 프로메테우스의 표정이 어떠했을지를 상상해 보는 것은 무익하지 않으리라. 이 신화를 읽고 있는 독자 자신은 프로메테우스가 예견한 저 길고 긴 '인간 프로젝트'의 어디쯤에 와 있는지를 생각해 보도록 만들 테니. 그 옛날 남의 나라 사람들이 그리고 있는 인간관에 가슴이 서늘해진다.

5 | 모험은 나의 길

앞 그림 | 요아힘 안토니츠 우테웰의 「페르세우스와 안드로메다」

행복한 영웅,
페르세우스

끔찍한 신탁

페르세우스의 이야기는 영웅담의 전형적인 구조를 그대로 가지고 있다. 신의 혈통을 받고 태어나, 아버지 없이 홀어머니 손에 자라나고, 자신의 생에 주어진 과제를 감당하러 모험을 떠나며, 삿된 욕망의 상징인 괴룡을 무찌르고, 아름다운 공주를 아내로 얻어 고향으로 돌아온다.

그리스 신화 속 영웅들 중 최고 모범생이라고 해도 좋을 그의 이야기를 한번 따라가 보자. 이런 이야기를 미리 하는 이유는 신화의 수많은 영웅들 중에서 생을 행복하게 마감하는 자가 생각보다 상당히 드물기 때문이다. 페르세우스와 다른 영웅들의 삶을 찬찬히 비교해 보면 그 이유를 찾아낼 수 있을 것이다. 그 이유를 찾는 일이야말로 어쩌면 신화를 읽는 독자들의 진정한 숙제일지도 모른다.

페르세우스에게는 이미 태어나기도 전에 외가 쪽 조상의 죄로 인한 신탁이 걸려 있었다. 왕위를 물려줄 아들이 태어나기를 오랫동안 기다렸지만 하나 있는 딸이 성년이 되도록 아무 소식이 없자 아르고스의 왕 아크리시오스는 신들의 뜻을 물으러 델포이 신탁소를 찾아갔다. 그가 바로 영웅 페르세우스의 외할아버지였다. 그러나 아크리시오스 왕에게 아폴론이 내린 신탁은 참으로 끔찍한 것이었다.

"네게 아들이 태어나면 너는 장차 그 아들 손에 죽을 것이요, 손자가 태어나도 그 손자의 손에 죽게 되리라."

다나오스의 딸들. 아버지의 명에 따라 각자 사촌이었던 남편들을 죽인 죄로 지옥에서 영원히 밑빠진 독에 물을 길어 부어야 하는 벌을 받고 있다. 존 워터하우스의 그림

저주와도 같은 이 무서운 신탁의 원인은 아크리시오스 왕의 증조할아버지인 다나오스 왕에게 있었다. 다나오스가 오십 명이나 되는 자신의 딸들을 시켜 자기 쌍둥이 형제의 아들이면서 나중엔 사위가 된 마흔아홉 명의 젊은이를 죽인 일이 저주처럼 걸려 있었던 것이다. 당시 오십 명이나 되는 다나오스의 딸들 중 오직 한 명만이 아버지의 명을 어기고 남편을 죽이지 않았다.

끔찍한 신탁을 듣고 집으로 돌아온 아크리시오스 왕은 할

수 있는 모든 방법을 동원해 신탁의 예언을 막고자 했다. 자신에게 더 이상 자식이 생기지 않도록 조심하는 것은 물론, 이미 다 자란 외동딸 다나에의 몸에서도 아들이 태어나면 안되므로 청동으로 방을 하나 만들어 땅 속 깊이 묻은 다음 딸을 그 속에 가두어 버렸다. 아예 남자가 접근하지 못하게 하려는 것이었다. 땅속에 갇힌 다나에에게는 유모를 시켜 시중들게 하고 위에서는 군사들에게 물샐 틈 없이 지키게 했다. 그러나 신탁이 그 정도 방비로 막아지는 것이었다면 누가 그것을 신의 뜻이라 부르며 두려워하겠는가.

이미 다나에의 아름다움을 알고 있던 제우스는 어떻게든 그녀를 취하려고 호시탐탐 기회를 노리고 있었다. 땅 속에 묻힌 다나에에게 다가간 제우스의 변신은 그야말로 기상천외하고 절묘한 것이었다. 그는 황금의 빗물로 변해 땅 속으로 스며들었고, 다나에가 있는 청동 방의 창문을 타고 안으로 흘러들었다. 창문으로 흘러드는, 빛을 뿜는 황금의 빗물에 다나에가 어떤 반응을 보였는지를 상상하는 일은 독자들의 몫이겠으나, 후대의 예술가들은 이러한 다나에와 제우스의 만남을 소재로 즐겨 그림을 그리고 시를 읊었다.

페르세우스라는 영웅의 탄생에 얽힌 이 이야기가 '광명' 이 지상의 아름다움을 만나 빛을 뿌리고 어떤 일이 일어나는가를 비유를 통해 보여주고 있다고 생각하면 신화의 속뜻을 이해하는 데 큰 도움이 될 것이다. 존재하는 모든 것의 진정한 아름다움은 그 내면에서 우러나는 빛의 힘에서 기인하는 경우가 많기 때문이다.

앞으로 전개되는 페르세우스의 이야기에서 무엇이 아름다운가를 유심히 살펴보자. 그러면 신화의 이야기들이 얼마나 교묘하게 인간의 연

다나에의 침대 위로 떨어지는 황금 빗물이 금화로 그려져 있는 것이 눈길을 끈다. 티치아노의 그림

상(association)이라는 추상적 놀이에 기반을 두고 있는지를 깨달을 수 있을 것이다.

황금의 빗물로 수태된 영웅

다나에는 창문을 통해 침대 위로 흘러드는 황금의 빗물에 옷을 적셨고 그 빗물은 그녀의 몸속으로도 흘러들었다. 그날 밤 제우스는 꿈의 신 모르페우스를 불렀다. 모르페우스는 '모습을 만드는 자' 라는 뜻이다. 제우스는 모르페우스에게 제우스의 모습으로 다나에의 꿈에 나타나 남몰래 그녀를 취한 신랑이 어떤 모습인지 보여주도록 지시했다. 인간인 다나에가 '광명' 인 제우스를 직접 보게 되면 전에 디오뉘소스의 어머니 세멜레가 그랬듯 그 빛을 견디지 못해 타버릴 것을 알고 있었기 때문이다. 그래서 다나에는 몸에 태기가 보이자 자신이 제우스의 자식을 잉태했다는 것을 알았다.

아기가 태어날 때가 되자 운명의 세 여신 모이라이가 해산의 여신 에일레이튀아와 함께 나타났다. 그리고 '광명'의 아들이 어머니 몸에서 세상 밖으로 나오는 것을 보며 각자 직분에 맞게 할 일을 했다. 먼저 큰언니 클로토가 아이의 운명을 예언했다. 클로토는 '생명을 짜는 여신'이라는 뜻이다.

"네 운명은 태어나면서부터 박해받을 것이나 모든 영웅의 본이 될 것이다. 그 운명을 한탄하지 마라."

그러자 둘째 언니 라케시스가 앞으로 나섰다. 라케시스라는 이름은

클림트 또한 황금 빗물을 금화로 표현하고 있다.

'재능을 나누어주는 여신' 이라는 뜻이다.

"페르세우스여, 장차 네 앞에서는 강한 자가 그 강한 것으로 인하여 무너질 것이다."

셋째 아트로포스도 예언을 했다. 아트로포스는 '생명의 실을 끊는 여신' 이라는 뜻이다.

"누구도 내 가위를 막을 수는 없다. 그러나 네 삶은 복 받은 자의 것이 될 것이다. 순교자의 길도 폭군의 길도 모두 피해가고 있으니."

이렇게 해서 결국 세상에 태어나고 만 손자 페르세우스에 대한 아크리시오스 왕의 감정은 참으로 복잡하기 이를 데 없는 것이었다. 하나밖에 없는 딸에게서 난 소중한 혈육이었지만, 그 손에 자기 목숨을 잃고 왕좌를 빼앗긴다는 신탁이 내려져 있는 손자였다. 자신이 죽거나, 아이가 죽거나 둘 중 하나를 선택하는 길밖에 없었다.

운명의 세 여신 모이라이

이런 경우 사람들이 어떤 선택을 하는지에 대해서도 신화는 일종의 패턴을 보여준다. 아들이 아버지를 죽이고 제 어머니를 아내로 취할 것이라는 신탁을 받았던 오이디푸스 왕의 아버지 라이오스 왕은 갓 태어난 어린 아들을 왕실의 하인이었던 양치기를 시켜 산에 내다버리게 했다. 이는 차마 제 손으로 핏줄을 죽일 수 없는 인간의 심정과, 발이 묶인 채 짐승들 우글거리는 산에 버려진 아기가 살아남을 수 없을 것이라는 계산, 이 두 가지에서 나온 행동이었을 것이다. 혹은 그렇게라도 해서 진퇴양난의 막다른 골목을 벗어나 보려는 나약한 인간의 어리석은 자구책이었을 것이다. 어쨌든 차마 제 손으로 핏줄을 죽일 수 없었던 아크리시오스 왕은 페르세우스를 다나에와 함께 커다란 나무 궤짝에 넣어 바다에 띄워 보낸다. 그 둘이 죽기를 바라는지 살기를 바라는지 스스로도 알지 못하는 채.

상자에 실려 바다에 버려진 다나에와 페르세우스 모자

버려진 모자를 실은 궤짝은 바다 위를 흘러가 무사히 세리포스 섬에 닿았다. 다행히도 페르세우스와 다나에는 딕튀스라는 어부에게 구조되어 그의 보호를 받으며 지내게 되었다. 딕튀스는 아무 욕심 없이 소박하게 밭 갈고 물고기 잡으며 살아가고 있었지만 사실 세리포스의 왕 폴뤼덱테스의 쌍둥이 동생이었다. 그는 현명한 사람이었기 때문에 왕의 혈육이 목숨을 부지하려면 어떻게 처신해야 하는지를 잘 알고 있었다.

그런데 우연히 동생 집에 들렀다가 다나에를 본 폭군 폴뤼덱테스는

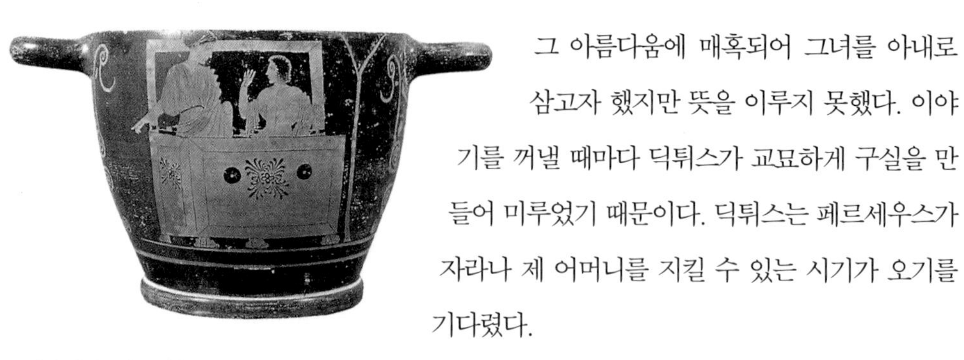

다나에와 페르세우스. 그리스의 도자기 그림

그 아름다움에 매혹되어 그녀를 아내로 삼고자 했지만 뜻을 이루지 못했다. 이야기를 꺼낼 때마다 딕튀스가 교묘하게 구실을 만들어 미루었기 때문이다. 딕튀스는 페르세우스가 자라나 제 어머니를 지킬 수 있는 시기가 오기를 기다렸다.

그렇게 시간이 흘렀고 페르세우스는 어엿한 청년의 모습을 갖추게 되었다. 다나에를 맞아들이는 일을 더 이상 기다릴 수 없게 된 폴뤼덱테스에게 이제 장애가 되는 존재는 페르세우스였다. 폴뤼덱테스는 페르세우스를 제거하기 위한 계략을 실행에 옮겼다. 다른 여자와 결혼을 한다고 공표해 잔치를 베풀고 그 자리에 참석한 어린 영웅의 자존심을 이용해 축하 예물 대신 메두사의 목을 바치겠다는 약속을 하도록 만들었던 것이다.

메두사를 찾아가는 길

올올이 뱀인 머리카락이 너무도 끔찍하고 무서운 모습이라 그녀를 보면 누구든 그 자리에서 돌로 굳어지고 만다는 메두사. 그 목을 베러 페르세우스는 기약 없는 길을 떠난다. 어머니를 보호하고 자신의 존엄성을 지키기 위한 피할 수 없는 모험의 여정이었다.

신화에서는 주인공이 절박한 생의 위기나 갈림길에 섰을 때 어느 신을 찾아 도움을 구하는가에 따라 그 사람의 성향이 드러난다. 왜냐하면 알레고리화하여 인간의 모습으로 그려지긴 하지만 사실 신이란 그 본질을 들여다보면 우리네 삶에 작용하는 다양한 에너지의 구체화에 다름아니기 때문이다. 페르세우스가 찾아간 곳은 아테나 여신의 신전이었다. 그가 생의 그 다양한 힘들 중에서 스스로의 중심으로 삼고 기대고자 한 것이 바로 '지혜' 였다는 이야기다.

자신을 찾아온 페르세우스에게 아테나는 자기 신전의 신녀들을 시켜 메두사의 목을 베는 데 필요한 도구들을 빌려주었다. 잘 닦여 거울처럼 빛나는 자신의 방패와 어디든 단숨에 날아갈 수 있는 헤르메스의 샌들, 무엇이든 넣을 수 있는 저승 왕 하데스의 자루 키비시스, 천하에 베지 못할 것이 없는 하데스의 금강검, 머리에 쓰면 몸이 보이지 않게 되는 하데스의 투구를 빌려주었다.

아테나의 도움으로 장비를 갖춘 페르세우스는 먼저 메두사가 그녀의 언니들인 고르곤들과 함께 사는 곳을 알기 위해 '그라이아이' 세 자매를 찾아갔다. 고르곤과 그라이아이는 한 부모에게서 난 자매들이었다. 폰토스(바다)와 가이아(대지) 사이에서 난 아들 포르퀴스는 제 누이 케토와 짝을 지어 그라이아이 세 자매와 고르곤 세 자매를 낳았다. 먼저 태어난 그라이아이 세 자매는 날 때부터 머리카락이 희게 세어 있어서 '그라이아이(늙은 여자들)' 라 불렸다. 다음에 태어난 세 자매는 모습이 아름답고 마음이 굳세어서 '고르곤(굳센 자들)' 이라는 이름을 얻었는데 메두사는 바로 이 고르곤 자매의 막내였다.

고르곤 자매의 첫째는 '스테노(굳센 처녀)', 둘째는 '에우뤼알레(넓은 바다의 처녀)', 셋째가 '메두사(지배자 처녀)' 이다. 아테나 여신의 신전을 지키는 여사제였던 메두사의 용모가 원래 뛰어나게 아름다웠다는 이야기는 앞에서 이미 한 적이 있다. 두 언니 스테노와 에우뤼알레 역시 원래 아름다웠지만 막내 메두사가 죄를 짓고 아테나 여신에게 벌을 받을 때 함께 뱀 머리카락의 흉측한 모습으로 변했다.

그라이아이 세 자매는 그들의 백발이 상징하는 것처럼 날 때부터 이미 세상 이치를 다 아는 듯한 모습을 하고 있었다. 첫째는 '펨프레도(꿀벌)', 둘째는 '에뉘오(증오)', 셋째는 '디노(무서운 여자)'라는 이름을 가지고 있었는데, 셋이 하는 짓이 묘했다. 어두운 키스테네의 동굴에서 셋이 삼각형을 이루고 앉아 주로 명상을 하며 지냈는데, 그들이 하는 일은 각자 명상한 것을 서로 말하고, 동생인 고르곤들을 지키는 것이었다.

그런데 이 폰토스와 가이아의 손녀들 두 무리에서 어딘지 앞날을 미리 알았다는 저 티탄 신족의 프로메테우스(앞 일을 미리 아는 자)와 그 동생 에피메테우스(겪은 후 나중에 아는 자)의 관계가 떠오르는 것은 왜일까.

그라이아이들은 특이하게도 눈도 입도 하나를 가지고 셋이 돌려 가며 썼다. 그래서 하나가 눈을 가지고 사물을 볼 수 있을 때 나머지 둘은 장님이 되었고, 하나가 입을 가지고 말할 수 있을 때 나머지 둘은 벙어리가 되었다. 명상이 삶의 내용이나 마찬가지인 이들에게 한 번 본 것을 두 번에 걸쳐 곱씹어 생각하고, 한 번 말하기 전에 두 번에 걸쳐 생각한다는 원칙이 삶을 그런 식으로 살도록 만든 것인지도 모른다.

페르세우스가 그라이아이들을 찾아 키스테네의 동굴 속으로 들어왔을 때에도 이들은 하나의 눈과 입을 돌려가며 보고 들은 것을 명상하며 나누고 있었다. 페르세우스는 눈이 펨프레도에게 있을 때는 펨프레

페르세우스와 그라이아이. 에드워드 번 존스의 그림

도 뒤에 숨고, 에뉘오에게 있을 때는 에뉘오 뒤에, 디노에게 있을 때는 디노 뒤에 숨어 들키지 않고 기회를 엿보다가 눈이 다시 펨프레도에게 넘어가는 틈을 타 얼른 빼앗아 신의 힘을 앗아버리는 하데스의 자루 키비시스에 넣어 감추고는 말했다.

"나는 고르곤 자매를 찾아온 페르세우스입니다. 고르곤들이 있는 곳을 말해주면 이 눈을 돌려주겠지만, 그러지 않으면 부엉이 먹이로 던져주어 버리겠어요. 어쩌시렵니까?"

그때 입을 가지고 있던 디노가 말했다.

"나는 너를 보지 못했으니 말을 하지 않겠다."

그러고는 입을 펨프레도에게 넘겼다.

"눈이 올 차례인데 왜 입이 오는 거지?"

펨프레도가 이렇게 말하며 입을 에뉘오에게 넘겼다.

"너를 물어뜯을 입은 있으나 안타깝게도 너를 볼 눈이 없구나."

에뉘오가 한숨을 쉬며 입을 디노에게 넘겼지만 디노는 아무 말도 하지 않고 그 입을 다시 펨프레도에게 주었다. 펨프레도가 입을 건네받은 다음 이렇게 말했다.

"가까이 오너라. 내가 알려주마."

그러나 페르세우스는 거리를 두고 발자국 소리만 낸 다음 금강검 끝으로 펨프레도의 머리카락을 살짝 건드렸다. 그러자 기다렸다는 듯이 펨프레도는 그 칼끝을 있는 힘을 다해 물었다. 그 순간 페르세우스는 입을 확 잡아채며 말했다.

"눈을 잃고 이제 입까지 빼앗긴 펨프레도여, 눈도 입도 없이 살아가실 건가요, 아니면 입을 돌려줄 테니 고르곤이 있는 곳을 말하고 눈도 찾으시겠습니까?"

어쩔 수 없는 상황이 되어버렸다는 것을 안 펨프레도는 페르세우스가 주는 입을 받으며 이렇게 말했다.

"제우스의 아들 페르세우스여, 잘 들어라. 오케아노스(대양)의 끝인 이곳에선 지금껏 네가 알던 방향과 거리는 아무 소용이 없다. 이 동굴을 나가 계속 가다 보면

페르세우스와 고르곤. 로랑 오노레 마르퀘스트의 조각

무수한 돌덩이들이 쌓여 있는 곳에 이르게 될 것이다. 그 앞의 동굴에 메두사가 살고 있다."

이어서 펨프레도는 두 손을 들어올리고 탄식하며 말했다.

"메두사여 내 동생이여, 나를 원망하지 말거라. 이제 네 삶이 네 자식에게로 이어질 때가 온 것 같구나. 살아서는 자식을 낳아도 낳는 그 순간 돌덩이로 만들어야 하는 네가 아니더냐. 기구한 운명의 내 자매여!"

페르세우스는 이 말에 펨프레도에게 눈을 돌려주었다. 그러고는 얼른 동굴을 빠져나와 갈 길을 재촉했다.

메두사의 죽음과 페가소스의 탄생

페르세우스는 드디어 돌덩이들이 지천으로 깔린 메두사의 동굴에 도착했다. 하지만 보는 순간 누구든 돌로 굳어지고 마는 메두사의 머리를 도대체 그가 어떻게 자를 수 있었을까? 페르세우스는 아테나의 힘, 즉 '지혜'를 쓸 줄 아는 영웅이다. 앞서 그라이아이 자매들에게서 메두사가 있는 곳을 알아내기 위해 그들의 특징과 사는 방식을 파악하고 그것을 이용했듯, 이번에도 그는 메두사라는 괴물의 최대 강점을 역으로 이용했다.

메두사는 직접 그 모습을 보면 안되는 괴물이니 보지 않고 그 목을 베어야 했다. 페르세우스는 아테나가 신녀들을 통해 전해준 물건들을 찬찬히 살펴보며 생각에 잠긴 다음 천천히 자리에서 일어났다. 그는 먼저 하데스의 투구를 써서 몸을 보이지 않게 감춘 후 입구를 향해 돌아선 채 잘 닦여 번쩍거리는 아테나의 방패를 거울삼아 비추며 뒷걸음질로 동굴 안으로 들어갔다. 소리 없이 고르곤들에게 접근한 페르세우스는 잠깨어 일어나는 메두사의 눈앞에 아테나의 방패를 들이댔다. 그리고는 방패에 비친 제 모습을 외부의 적으로 알고 놀라 굳어지는 메두사를 세상에 베지 못할 것이 없는 하데스의 금강검으로 단번에 베어버렸다. 그러자 메두사의 몸통에서 피가 분수처럼 솟구치고, 거기에서 날개 달린 천마 페가소스와 손에 황금 검을 든 용사 크뤼사오르가 튀어나왔다. 메두사는 아테나의 신전에서 사랑을 나누었던 포세이돈의 자식들을 배고 있었던 것이다.

페르세우스는 재빨리 메두사의 머리를 세상에 담지 못할 것이 없는 하데스의 자루 키비시스에 담고는 다른 고르곤들이 깨기 전에 동굴을 빠져나와 아득한 창공으로 날아올랐다. 페르세우스는 메두사의 목을 가지고 세리포스 섬으로 돌아가 어머니 다나에를 구한다. 하지만 그전에 이 영웅의 이야기는 아름다운 공주를 위험에서 구출하고 결혼하는 두 번째 모험으로 이어진다.

그런데 여기서 잠깐 목이 잘린 메두사의 몸에서 나온 두 자식, 페가소스와 크뤼사오르에 대해 짚고 넘어갈 필요가 있다. 오만에 대한 벌로 괴물이 되었지만 원래 아테나 여신의 사제였던 메두사와 원초적 자연의 힘을 상징하는 신 포세이돈 사이에서 태어난 두 자식은 세상에서의 삶에서 상반된 결과를 보여준다.

손에 황금 검을 들고 태어나 세상에 나면서부터 그것을 휘둘렀지만 크뤼사오르는 훗날 괴물들의 조상이 되었다. 그는 오케아노스의 딸 칼리로에와 결혼하여 몸통이 세 개나 되는 거인 게뤼오네우스와 온갖 괴물들의 어머니가 되는 에키드나를 낳았다. 에키드나는 제우스에 의해 죽음을 당하는 괴물 튀폰과의 사이에서 게뤼오네우스의 소떼를 지키는 무서운 개 오르트로스, 저승문을 지키는 머리 세 개 달린 개 케르베로스, 레르네 샘을 지키는 괴물 휘드라, 불을 뿜는 괴물 키마이라를 낳았다. 또한 저 유명한 네메아의 사자와 황금 양털을 지키는 콜키스의 불을 뿜는 용, 헤스페리데스의 사과를 지키는 용 라돈과 프로메테우스의 간을 파먹는 독수리가 모두 에키드나의 자식들이었다.

반면에 날개 달린 천마 페가소스는 영웅을 태우고 괴물을 무찌르거나 인간의 영혼을 고양시키는 역할을 한다. 페가소스는 영웅 벨레로폰테스를 등에 태우고 불을 뿜는 괴물 키마이라를 죽이도록 도왔다. 또한 헬리콘 산의 산정에 페가소스가 발로 차서 파놓은 샘은 무사이 여신들이 머무는 곳으로, 예술적 영감이 떠오르게 하는 것으로 유명하다. 신화적 장면들을 묘사한 수많은 그림들에서, 그것이 꼭 그리스 신화가 아니더라도, 괴물을 죽이는 영웅들은 거의 예외 없이 날개 달린 천마를 타고 있다.

메두사의 머리. 카라바조의 그림

무엇보다 우리의 호기심을 자극하는 것은 같은 아버지 포세이돈의 자식으로 어머니 메두사의 몸에서 동시에 태어난 크뤼사오르와 페가소스의 길이 어떻게 이토록 양극으로 갈릴 수 있는가 하는 점이다. 하나는 괴물들의 조상으로, 다른 하나는 그 괴물들을 죽이는 영웅을 돕

천마 페가소스를 타고 괴물 키마이라를 죽이는 영웅 벨레로폰테스. 루벤스의 그림

는 존재이자 인간의 영혼에 신적인 힘을 불어넣는 샘을 파는 존재로 그 자체가 영성(靈性)의 상징이 되고 있지 않은가. 그러나 곰곰이 생각해 보면 이 신화 이야기는 인생의 두 갈래 길을 극명하게 그려 보여주고 있다는 것을 알 수 있다.

우리를 비추는 메두사의 두 얼굴

오만에 빠져 아테나의 벌을 받아 괴물이 되었다고는 해도 메두사는 원래 아테나를 모시던 신녀였다. 메두사가 추구하고 지향하던 힘은 본래 아테나적인 것이었다는 점을 일러주는 부분이다. 그녀는 원래 아름다웠고, 심지어 제 머리카락이 아테나 여신의 머리카락보다 더 아름답다고 주장할 만큼 아테나적인 것에 강한 욕구를 가진 존재였다. 거기에 포세이돈의 제어되지 않은 거친 자연력이 동력으로 작용했다면 어떤 결과가 나오겠는가?

아테나 여신의 신전에서 포세이돈의 사랑을 받아들일 만큼 방자하고 강한 메두사의 욕망에 포세이돈적인 거친 본능의 힘이 작용하면 그 결과는 필경 괴물이 될 수밖에 없을 것이다. 그것도 일반인들은 도저히 감당해 낼 수 없는 엄청난 괴물들 말이다.

크뤼사오르의 손자들인 저 희대의 괴물들은 대부분 제우스의 아들 헤라클레스의 손에 의해 처치된다. 그러나 포세이돈적인 에너지가, 아테나를 섬기던 메두사의 열정과 결합하면 이야기는 전혀 달라진다. 엄청난 힘으로 질주할 수 있는 말이 정신과 영혼의 날개를 달고 날아오르

안드로메다에게 메두사를 보여주는 페르세우스. 직접 보면 돌로 굳어지므로 수면에 비추어 보여주고 있다. 에드워드 번 존스의 그림

는 형상이 되기 때문이다.

메두사의 이야기가 무섭고 몸서리쳐지면서도 한편으론 쉽게 외면할 수 없도록 사람의 마음을 끄는 이유는 그녀가 보여주는 정반대되는 두 얼굴이 바로 우리 본성의 모습이기 때문일 것이다.

안드로메다 공주 구출 사건

어머니의 오만이 부른 재앙

영웅의 모험 이야기에서 보통 절정을 이루는 부분은 영웅이 위험에 처한 아름다운 공주를 절체절명의 상황에서 구해내고 그녀를 아내로 얻는 대목이다. 공주의 목숨이 걸린 사정의 배후에는 늘 어떤 형태로든 그 왕국이나 집단의 우두머리에게 문제가 있게 마련이어서 그것을 바로잡지 않으면 그 사회에 속한 사람들의 삶 전체가 위험해질 수밖에 없는 이유가 내재해 있다. 그래서 영웅이 해야 하는 일은 공주를 구하는 동시에 그 왕국의 어긋난 부분을 정상으로 돌려놓는 것이다.

페르세우스의 이야기에서 공주 구출의 모티프는 다른 모든 신화나 전설 속의 영웅 이야기에서 반복된다고 해도 무리가 없을 만큼 전형적인 모습을 보인다. 그 이야기가 어떻게 전개되는지를 지금부터 살펴보기로 하자.

메두사의 머리를 베어 하데스의 자루에 넣어가지고 부지런히 세리포스로 돌아오던 페르세우스는, 바다의 괴물에게 제물로 바쳐져 알몸으로 절벽에 묶여 있는 에티오피아의 공주 안드로메다를 발견하고 구해주게 된다.

안드로메다가 괴물의 제물로 바쳐지게 된 데에는 이런 사정이 얽혀 있었다. 에티오피아의 왕 케페우스와 왕비 카시오페이아는 외동딸이 아름답게 자라나는 것을 큰 낙으로 삼고 살아가고 있었다. 그런데 그 딸을 대견해 하는 마음이 지나쳐 왕비 카시오페이아가 지각없는 행동을 하고 말았다. 자신도 아름답지만 자기 딸 안드로메다는 바다의 딸들인 네레이데스를 모두 합친 것보다도 더 아름답다고 공공연히 자랑을 하고 다닌 것이다.

네레이데스가 이런 말을 듣고 가만히 있을 리 없었다. 그들은 자신들을 모욕한 카시오페이아의 죄를 물어달라고 해신 포세이돈에게 청했고, 포세이돈은 홍수를 일으켜 에티오피아 땅을 물바다로 만드는 한편 바다에는 괴물을 보내 수많은 사람들을 해치게 했다.

온 나라에 위기가 닥치자 케페우스 왕은 그들이 모시는 암몬 신에게 이 일의 원인과 방안이 무엇인지를 물었는데, 그 답은 카시오페이아의 오만이 신들의 노여움을 샀으니 딸 안드로메다를 바다 괴물에게 속죄의 제물로 바쳐야 한다는 것이었다. 백성들의 고통과 원성이 나날이 높아지는 상황에서 다른 방도가 없자 케페우스 왕은 눈물을 머금고 사랑하는 딸을 괴물의 제물로 바닷가 절벽에 옷을 벗겨 매달지 않을 수 없었다.

페가소스를 탄 페르세우스가 안드로메다를 구출하러 가고 있다. 프레드릭 레이턴의 그림

영웅, 사랑에 빠지다

그렇게 해서 나신을 드러낸 채 절벽에 묶여 있는 안드로메다를 헤르메스의 샌들을 신고 하늘을 날아 지나가던 페르세우스가 보게 된 것이었다. 페르세우스는 안드로메다의 아름다움에 반했고 그때까지 한 번도 경험해 보지 못한 아득한 사랑의 매혹을 느꼈다. 페르세우스는 고도를 낮추어 벼랑으로 다가갔다.

자신의 벗은 몸을 의식해 얼굴을 붉히며 눈길을 돌리고 있는 안드로메다에게 페르세우스는 무슨 이유로 그곳에 묶여 있는지를 물었다. 그리고 그녀의 울음 섞인 설명을 들으며 좀 떨어진 해안에 많은 사람들이 모여 있는 것을 보았다. 페르세우스는 모든 이야기를 듣고 난 후 이렇게 공주를 달랬다.

"암몬이라면 에티오피아에서 제우스 신을 부르는 이름이지요. 제우스 신의 아들인 제가 그 바다 괴물을 처치하겠습니다."

그러자 머리를 숙여 시선을 피한 채 안드로메다가 말했다.

"신의 노여움을 산 어머니의 죄를 씻기 위해 이렇게 맨 몸으로 절벽에 매달린 처지이니 저는 보답으로 제 자신밖에는 아무것도 드릴 것이 없습니다."

페르세우스는 부드럽게 달래듯 이렇게 말했다.

"무슨 보답을 바라지는 않습니다만 공주님의 제안을 거절하지 않겠습니다. 당신 부모님께 이 뜻을 전하고 허락을 구하고 올 테니 잠시 기다리세요."

이 말과 함께 페르세우스는 사람들이 모여 있는 해안으로 날아갔다. 그러고는 군중의 맨 앞에서 고통과 회한으로 차마 볼 수 없는 표정을 짓고 있는 케페우스 왕 부부를 찾아 자신이 제우스의 아들임을 밝히고 자신이 바다의 괴물을 처치하면 공주를 아내로 줄 것인지를 물었다. 그 상황에서 거절할 부모가 어디 있겠는가. 케페우스 왕은 고마운 마음에 영웅의 손을 잡으며 만약 그렇게만 해준다면 공주뿐 아니라 지참금으로 나라까지도 주겠노라고 대답했다.

그런데 이미 바다에서는 괴물이 안드로메다가 매달려 있는 절벽을 향해 빠르게 다가가고 있었다. 페르세우스는 땅을 박차고 날아올랐다. 그는 이 세상에서 자르지 못할 것이 없다는 하데스의 검 하르페를 뽑아들고 하늘높이 날아올랐다가 사냥하는 독수리처럼 빠르게 내려와 괴물의 어깨에 칼을 꽂았다. 소름끼치는 소리를 지르며 몸을 비트는 괴물의 공격을 이리저리 피하며 등과 옆구리, 그리고 목에 칼을 깊이 찔러넣어 베었다. 괴물의 몸에서 피가 분수처럼 뿜어져 올랐고 그 광

괴물과 싸우는 페르세우스. 에드워드 번 존스의 그림(왼쪽). 파울로 베로네제의 그림(오른쪽)

페르세우스와 안드로메다. 루벤스의 그림

경을 숨죽이며 지켜보던 사람들은 환호성을 터뜨렸다.

아수라장은 돌밭이 되고

나라와 공주를 한꺼번에 구한 영웅을 위해 성대한 잔치가 벌어졌다. 케페우스 왕은 기특한 사위에게 약속대로 결혼과 동시에 왕국 전체를 물려주겠다고 했지만, 페르세우스는 겸손하게 사양하며 그 대신 제우스와 아테나, 헤르메스 신에게 바칠 제물을 준비해 달라고 부탁했다. 케페우스 왕과 그의 신하를 비롯해 주변 사람들은 누구나 탐하는 왕권을 주저 없이 사양하는 페르세우스의 마음씀에 놀라며 감탄했다.

세 신들에게 감사의 제물을 바치고 난 후 곧이어 페르세우스와 안드로메다의 결혼식이 이어졌는데 흥겹던 피로연 자리에서 갑자기 소란이 벌어졌다. 케페우스 왕의 동생 피네우스가 무장한 부하들을 이끌고 와 자신이 안드로메다의 약혼자임을 주장했기 때문이다. 그러자 왕은 자리에서 일어나 그를 크게 꾸짖었다. 안드로메다를 아내로 맞을 자격이 있는 남자라면 너는 지금 이 자리가 아니라 공주가 바다 괴물에게 바쳐져 목숨을 잃을 위기에 처했을 때 나섰어야 했으며, 약혼자로서의 중요한 의무를 저버린 이상 권리 또한 당연히 사라진 것이니 조용히 물러가라는 것이었다.

피네우스는 왕의 책망은 들은 척도 않고 신랑 자리에 앉아 있던 페르세우스를 향해 힘껏 창을 던졌다. 페르세우스는 얼른 피하며 자신이 앉아 있던 의자에 꽂힌 창을 뽑아 되던졌는데, 날아간 창은 그 뒤에 있던 부하 로이투스의 이마에 꽂혔다. 피네우스가 결혼식 전 페르세우스가 감사의 제물을 바쳤던 제단 뒤로 숨었기 때문이다. 그러자 피네우스의 군사들은 분노에 휩싸여 창을 던져댔고 피로연장은 순식간에 난장판이 되었다.

나이든 케페우스 왕은 이것이 자신의 잘못이 아님을 신들에게 빌며 자리를 피했고, 페르세우스와 왕의 군사들은 피네우스의 군사들과 뒤엉켜 피 튀기는 접전을 벌였다. 이 광경을 오비디우스는 그의 『변신 이야기』에서 바로 눈앞에서 보는 듯 생생하게 그려내고 있다. 한동안 불리한 싸움을 하며 버티던 페르세우스는 슬며시 허리에 차고 있던 자루 키비시스에 손을 넣었다. 그 속에 들어 있는 메두사의 머리가 생각난 것이다.

"왕실 군사들은 잠깐 멈추고 두 손으로 눈을 가리라!"

이렇게 외치며 메두사의 머리를 꺼내 높이 치켜들었다.

"헛수작에 놀랄 사람이라면 다른 데 가서 알아보시지."

이렇게 말하며 창으로 페르세우스를 찍으려던 피네우스의 부하 테스켈로스는 그 자세 그대로 돌덩이가 되어 멈춰 섰다. 자기가 다리를 걸어 쓰러뜨린 왕실 경호병을 칼로 찌르려던 암퓌코스는 몸을 앞으로 숙인 채 석화되어 버렸다. 무슨 소리인지 몰라 이쪽을 돌아보던 왕실 군사 아콘테우스는 의아해 하며 입을 벌린 채 굳었고, 그 아콘테우스를 칼로 내리치던 아스튀아게스는 불꽃이 튀며 칼이 부러지는 바람에 뒤로 나가떨어져 놀란 얼굴 그대로 돌덩이가 되었다. 그렇게 시간이 지나며 아수라장은 차츰 돌밭이 되어갔다.

페르세우스는 아내가 된 안드로메다를 데리고 세리포스 섬으로 돌아왔다. 그러나 그리던 어머니 다나에는 딕튀스의 집에 없었다. 그가 집을 떠난 지 그리 오랜 시간이 흐른 것도 아닌데 몹시 늙어버린 딕튀스가 홀로 텃밭에서 김을 매고 있었다. 다나에는 폴뤼덱테스의 끈질긴 구혼을 피해 거기서는 아무도 강제로 끌어낼 수 없게 되어 있는 신전의 보호구역으로 들어갔다는 것이었다. 다나에를 피신시켰다는 이유로 폴뤼덱테스가 자신의 고기잡이배와 그물을 빼앗아 태워버리는 바람에 이제 자신은 텃밭이나 돌보며 지내고 있노라고 말했다.

그러고는 왕을 형으로 두었으니 부귀영화를 누릴 수 있을 텐데도 자기네 모자 때문에 이런 고생을 한다고 미안해 하는 페르세우스에게 웃으며 이렇게 말해주었다.

"고기 잡는 대신 텃밭 가꾸는 재미도 나쁘지 않다네. 부귀영화를 버렸으니 싫은 일에 머리 굽히지 않고도 살 수 있지 않은가. 마음에 거리

피네우스의 병사들과 싸우다가 메두사의 권능으로 그들을 모두
돌로 만드는 페르세우스. 루카 조르다노의 그림

끼는 일 없이 밭에 물주고 김매는 재미를 자네도 알게 되면 좋겠네. 하기야 작은 일에서 큰 기쁨 느끼는 일이 어디 가르쳐서 되는 일은 아니네만."

그 길로 폴뤼덱테스의 궁전을 찾아간 페르세우스는 메두사의 머리를 베어왔다는 말을 믿으려 하지 않는 폭군과 그 무리들을 한꺼번에 돌무더기로 만들어버리고 자신을 키워준 어부 딕튀스를 세리포스의 왕좌에 앉혔다. 그리고 곧장 사모스 섬으로 건너가 아테나 신전에서 빌렸던 방패와 헤르메스의 샌들, 하데스의 투구와 자루, 금강검을 돌려주었다. 이때 그는 신전의 신녀에게 베어온 메두사의 머리를 맡겼는데, 훗날 아테나 여신은 이 메두사의 머리를 자신의 방패에 달았다.

욕망에 휘둘리지 않는다는 것

모든 일을 마무리 지은 페르세우스는 어머니 다나에, 아내 안드로메다와 함께 자기가 태어난 외조부의 나라 아르고스를 향해 떠났다. 그런데 걸릴 것 없이 편안한 마음으로 여행을 계속하던 중에 페르세우스는 라리사에서 원반던지기 시합에 참가하게 된다.

시합 도중 페르세우스가 던진 원반이 빗나가 관중석에 앉아 있던 어떤 노인의 머리에 맞았는데, 피를 흘리며 쓰러진 그 노인이 알고 보니 바로 그들 모자를 바다에 띄워 보냈던 외조부 아크리시오스 왕이었다. 페르세우스가 메두사의 목을 베고 영웅이 되어 고향으로 돌아오고 있다는 소문을 듣고 옛날의 신탁을 피하기 위해 라리사로 피신해 있었던

안드로메다를 구출하는 페르세우스. 샤를 앙투안 쿠아펠의 그림

것이다. 신탁은 그렇게 피할 수 없이 이루어지고 말았다.

아르고스 백성들은 페르세우스를 왕으로 세우고자 했지만 그는 제안을 사양했다. 의도한 것은 아니었지만 어쨌든 자신의 손에 죽게 된 외할아버지의 왕국을 마음 편히 다스릴 수가 없었기 때문이다. 그는 사촌인 메가펜테스가 다스리던 티륀스를 아르고스와 바꾸어 다스리게 되었고, 티륀스에서 어머니, 아내와 함께 영웅으로서는 드물게 행복한 여생을 마쳤다.

이제 보는 눈이 깊은 독자들은 페르세우스의 이야기가 어떻게 해서 다른 많은 영웅들과는 달리 행복한 결말로 끝날 수 있었는지를 짐작할 것이다. 또 드물게 행복한 여생을 마친 오뒤세우스와 페르세우스가 모두 아테나의 비호를 받은 영웅들이요, 페르세우스가 벤 메두사의 목이 아테나의 방패에 붙어 사람들에게 경고의 표시가 된 것도 우연이 아님을 짐작할는지 모르겠다. 인류 역사를 통틀어 영웅의 삶이 비극으로 돌아서는 것은 흥할 때와 마찬가지로 언제나 그의 강점을 통해서였다. 그를 영웅으로 만들었던 바로 그 강점이 나중엔 자만과 허영을 불러옴으로써 도리어 그를 치는 무기가 되는 것이다.

페르세우스 신화에서 우리는 무엇을 읽었는가. 누구보다 아름다운 머리카락을 가졌던 메두사는 제 머리카락의 아름다움에 대한 자만과 그로 인한 독신(瀆神)의 죄로 뱀 머리카락을 가진 괴물이 된 상징적 존재다. 그렇다면 그 메두사의 목을 베는 행위는 바로 '자만의 목을 베는 행위' 라고 보아도 틀리지 않을 것이다. 실제로 페르세우스의 모든 처신에서는 자만을 베어버리고 허영을 넘어선 영웅의 모습을 읽을 수 있다.

안드로메다를 구하고 케페우스 왕이 자신의 왕국을 주겠다고 했을 때 그는 그 권력을 주저 없이 사양했다. 그 권력에 따라오는 부와 명예도 함께. 직접 사용해 보았기 때문에 모든 것을 석화시키는 메두사의 머리가 자신을 무적의 존재로 만들어줄 수 있음을 알면서도 그는 지체 없이 그것을 다른 보물들과 함께 아테나의 신전에 바쳤다. 삶의 원동력으로 생명을 지닌 모든 사람들에게 작용하는 근원적인 '욕망' 에 휘둘리지 않는 마음을 페르세우스는 지니고 있었던 것이다.

그렇다면 이제 무엇이 그를 불행 속으로 끌어들일 수 있겠는가. 그는 이미 지혜의 갑옷을 입고 있는 것을. 행복을 지키기 위한 삶이란 어쩌면 세상과의 싸움이기 이전에 자기 자신과의 싸움인지도 모른다. 그런데 이 잘난 영웅은 힘 있고 슬기로우면서도 놀랍게도 아예 천성적으로 그 무모한 욕망을 가지고 있지 않은 것처럼 보인다.

인간적인, 너무나 인간적인 영웅
테세우스

술 취해 공주와 동침하고

테세우스의 모험과 인생을 앞에서 다룬 페르세우스의 것과 비교해 보면 독자들은 영웅의 삶이 어떤 지점에서 어떻게 길이 갈리는지를 뚜렷하게 볼 수 있을 것이다.

테세우스는 아티카의 대표적인 영웅이다. 아티카 섬은 훗날 페리클레스 치세에 인류 문화의 황금시대를 구가하게 되는 아테나이 문화의 초석이 다져진 곳이다. 테세우스가 살았던 시대는 트로이전쟁이 일어나기 한 세대 전으로 추정된다.

페르세우스가 대단히 모범적이고 원형적인 영웅의 모습을 간직하고 있고, 헤라클레스가 그 크기와 깊이를 가늠하기 힘든 신적인 영웅의 면모를 보인다면, 테세우스는 어쩌면 지극히 인간적인 영웅이라고 불러도 좋을 것 같다. 그의 인생에서 우리는 무엇보다 인간에게서 볼 수 있는 강점과 약점, 위대함과 속됨이 절묘하게 어우러져 있는 것을 볼 수 있기 때문이다.

아테나이의 왕 아이게우스는 오랫동안 대를 이을 아들을 기다리다가 영 소식이 없자 아폴론의 신탁을 받으러 델포이 신전으로 올라갔다. 아들을 얻을 방도를 묻는 그에게 신녀 퓌티아는 수수께끼같이 애매한 아폴론의 신탁을 전해주었다.

"아테나이 정상에 이르기 전에는 절대 포도주 부대의 마개를 열지 말라. 그것만 지킨다면 아들을 얻을 것이다."

신탁은 받았지만 아이게우스는 그것이 도대체 무슨 뜻인지 알 수가 없었다. 집으로 돌아가는 길에 그는 트로이젠에 들러 친분이 있던 피테우스 왕의 궁전에 묵었다. 피테우스 왕은 아이게우스가 무슨 소리인지 모르겠다며 털어놓은 델포이의 신탁 이야기를 듣더니 그날 밤 큰 잔치를 벌여 술 부대를 있는 대로 따 잔뜩 대접하고는 술 취한 손님방에 자기 딸 아이트라 공주를 들여보냈다.

그렇게 해서 아이게우스는 아이트라와 동침했고 훗날 테세우스가 태어났는데, 자기 자식인 줄 알았지만 실제로 테세우스는 포세이돈의 아들이었다고 전해진다. 아이트라는 바로 그날 아테나 여신이 보낸 꿈을 꾸고 어느 섬에 제사를 드리러 갔다가 거기서 포세이돈의 자식을 갖게 되었는데 그렇게 해서 태어난 테세우스를 아이게우스는 죽을 때까지 자기 자식인 줄 알았다.

다음날 아침 자신이 술에 취해 남의 나라 공주를 범했다고 여긴 아이게우스 왕은 떠나기 전에 궁전의 큰 주춧돌 하나를 들어올려 그 밑

테세우스의 모험을 그린 그리스 도자기

주춧돌을 들어올리고 칼과 샌들을 꺼내는 테세우스. 살바토레 로사의 그림

에 칼 한 자루와 신 한 켤레를 놓고는 돌을 다시 내려놓았다. 그러고는 아이트라에게 일렀다. 만일 아들을 낳아 아이가 그 주춧돌을 들어올릴 수 있을 만큼 자라면 그 밑에 넣어둔 신과 칼을 가지고 아테나이로 자기를 찾아오게 하라는 것이었다.

테세우스가 자라 열여섯살이 되자 아이트라는 테세우스를 주춧돌이 있는 곳으로 데려갔다. 그러고는 아이게우스 이야기를 해주며 신과 칼에 대해 알려주었다. 테세우스는 어렵지 않게 바위를 들어올리고 칼과 샌들을 꺼내어 아버지를 찾아 길을 떠났다.

이처럼 특별한 힘을 혈통으로 물려받았지만 아버지가 누구인지 모르고 어머니 손에서 자라나 대략 열여섯 정도의 나이에 아버지를 찾아 떠나는 젊은이의 이야기는 영웅담의 전형적인 패턴이다. 영웅은 이 여정에서 다양한 모험을 하며 사람들을 괴롭히는 괴물이나 악당들을 물리쳐 자신의 힘과 영웅으로서의 면모를 드러내 보이게 된다.

악당들을 물리치며

아이게우스의 칼을 차고 아이게우스의 신을 신은 테세우스는 아테나이를 향해 길을 떠났다. 그가 처음 만난 모험 상대는 페리페테스라는 악당이었다. 그는 대장장이 신 헤파이스토스의 아들로 팔 힘이 장사였는데 별 이유도 없이 커다란 쇠몽둥이를 휘둘렀고 지나가는 사람들이 그것에 맞아죽어 원성을 사고 있었다.

페리페테스의 약점은 다리에 있었다. 절름발이인 제 아버지를 닮았는지 팔 힘은 세지만 다리가 부실했다. 이 점을 간파한 테세우스는 페리페테스를 일단 산꼭대기로 유인한 다음 다리를 걸어 넘어뜨렸다. 그리고는 사람들을 거침없이 죽이던 쇠몽둥이를 빼앗아 바로 그를 때려 죽였다. 테세우스는 이후 그 쇠몽둥이를 승리의 상징으로 들고 다녔다.

코린토스의 이스트모스에서 두번째로 만난 악당은 지나가는 사람들을 붙잡아 마주 구부린 두 그루 소나무 사이에 다리를 매어 찢어죽이던 시니스였다. 이 악당이 지나가던 테세우스를 붙잡고는 "네 가랑이 힘이 나보다 세면 살려 보내주마"고 했다. 테세우스는 아주 관심이 많다는 듯이 진지한 얼굴을 하고 그 가랑이 힘을 어떻게 재는 것인지 한번 본을 보여달라고 했다. 그가 방법을 알려주느라 양쪽 소나무 가지를 휘어 발목을 하나씩 묶는 시늉을 하자 테세우스는 얼른 달려들어 악당의 발목을 묶고는 휜 가지를 이어놓은 줄을 끊어버렸다. 이 사실을 알게 된 코린토스 사람들은 "시니스가 시니스의 소나무에서 가랑이가 찢어져 죽었다"고 통쾌해 했다.

세번째로 테세우스의 길을 가로막은 것은 크로뮈온 산에 근거지를

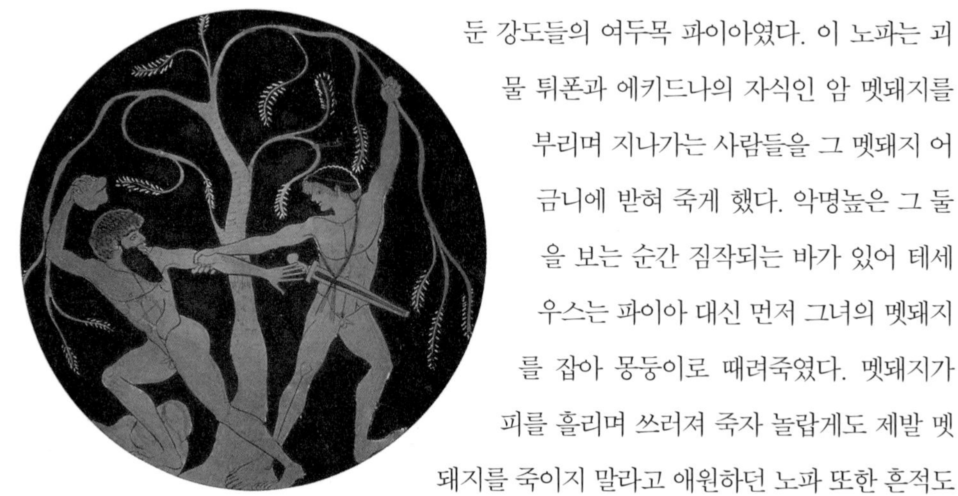

악당 시니스를 그 자신의 소나무에 묶어 해치우는 테세우스. 기원전 5세기의 도자기 그림

둔 강도들의 여두목 파이아였다. 이 노파는 괴물 튀폰과 에키드나의 자식인 암 멧돼지를 부리며 지나가는 사람들을 그 멧돼지 어금니에 받혀 죽게 했다. 악명높은 그 둘을 보는 순간 짐작되는 바가 있어 테세우스는 파이아 대신 먼저 그녀의 멧돼지를 잡아 몽둥이로 때려죽였다. 멧돼지가 피를 흘리며 쓰러져 죽자 놀랍게도 제발 멧돼지를 죽이지 말라고 애원하던 노파 또한 흔적도 없이 사라져 버렸다.

메가라 땅으로 들어서자 이번에는 아테나이 쪽으로 통하는 바위산에서 스키론이라는 악당이 그의 앞을 막았다. 스키론은 바닷가 절벽 위에서 대기하고 있다가 지나가는 나그네가 있으면 통행세를 내라고 요구했다. 그 통행세라는 것이 벼랑에 걸터앉아 나그네에게 제 발을 씻게 하는 것이었다. 고약한 것은, 만약 나그네가 씻겨주지 않으면 그 자리에서 벼랑 아래로 밀어 던져버렸고, 더구나 씻겨주어도 기회를 노려 벼랑 아래로 걷어차 던져버린다는 점이었다. 벼랑 밑 바다 속에는 큰 거북이 한 마리가 살고 있어서 스키론이 벼랑에서 던지는 사람들을 뜯어먹고 살았다. 테세우스는 고분고분 발을 씻겨주다가 악당의 발목을 홱 낚아채 벼랑 아래로 던져 거북이 밥을 만들어버렸다.

테세우스가 엘레우시스 땅에서 다섯번째로 만난 악당은 지나가는 나그네에게 씨름을 걸어 엄청난 힘으로 목을 졸라 죽이는 케르퀴온이라는 자였다. '죽음의 씨름터' 라고 불리는 곳에서 케르퀴온을 만난 테세우스는 헤라클레스가 안타이오스에게 했던 것처럼 악당을 공중으로 번쩍 들어올려 목을 조른 후 땅바닥에 패대기를 쳐 죽여버렸다.

눈에는 눈, 이에는 이

아테나이로 가는 길에서 테세우스를 기다리고 있는 여섯 번째 관문은 프로크루스테스라는 악당이었다. 이 악당은 제 집에 큰 침대와 작은 침대를 하나씩 갖추어 놓고는 키가 큰 나그네가 오면 작은 침대에 눕혀 키가 맞지 않는다며 침대 길이로 잘라 죽였고, 키 작은 나그네가 오면 큰 침대에 눕혀 너무 작다며 침대 길이로 잡아늘여 죽였다. 결국 이 악당에게 걸리면 살아나오지 못한다는 얘기였다. 혹은 프로크루스테스의 집에 두 개의 침대가 있었던 것이 아니라 대장간의 모루처럼

테세우스와 프로크루스테스. 기원전 5세기의 도자기 그림

길이를 늘였다 줄였다 할 수 있는 쇠 침대가 하나 있어서 키 큰 사람이 오면 침대 길이를 짧게 해서 잘라 죽이고, 작은 사람이 오면 침대 길이를 늘여 거기 맞춰 늘여 죽였다고도 한다.

그러나 두 경우 모두 맥락은 하나이다. 기준을 제 멋대로 늘였다 줄였다 하며 상대방을 재단하는 자의 횡포를 '프로크루스테스의 침대'라고 부르는 것과 프로크루스테스의 본명이 다마스테스(정복자)였던 것을 감안하면 신화가 무엇을 이야기하려는지 짐작할 수 있을 것이다.

그런 의미에서 보자면 테세우스가 헤쳐나간 다른 모험들 또한 그 자체로 모두 비유적인 의미를 띠고 있음을 눈치챌 수 있을 것이다. 재미있는 것은 테세우스가 악당들을 제거하는 방법이 매번 그들이 죄 없는 희생자들에게 했던 짓을 그대로 되갚아주는 것이었다는 점이다. 테세우스는 프로크루스테스 또한 그가 사람들을 죽이는 데 사용했던 바로 그 침대에 눕혀 똑같은 방법으로 죽였다.

테세우스는 훗날 아테나이 민주주의의 기본 골격을 마련한 영웅이다. 그런 그가 영웅으로서 헤쳐나간 모험들이 힘 있는 악당들의 부당한 횡포를 처단하는 일이었다는 사실은 비단 테세우스의 시대뿐만 아니라 우리 시대의 영웅의 역할을 생각해 볼 때에도 시사하는 바가 크다고 할 것이다.

아테나이 입성과 부자 상봉

모험의 여러 관문을 통과해 아테나이로 들어갔을 때 테세우스는 이미 죄 없는 사람들을 괴롭히던 악당들을 처치해 준 영웅으로 명성이 자자해져 있었다. 당시 아이게우스는 코린토스에서 도망쳐 온 마법사 메데이아를 왕비로 맞아 완전히 그녀의 손아귀에 잡혀 있었다.

미노스의 황소가 낳은 괴물 미노타우로스. G. 워츠의 그림

메데이아는 일찌감치 테세우스의 정체를 알아차렸지만 아이게우스는 아들인 줄도 모르고 명성이 자자한 이 이방인을 두려워했다. 메데이아는 아이게우스를 부추겨 테세우스에게 마라톤 들판에서 사람들을 해치던 미노스의 미친 황소를 잡으라는 명을 내리게 했다. 그가 미친 황소에게 받혀 죽기를 바란 것이었지만 테세우스는 보란 듯이 미노스의 황소를 잡아 아테나 여신에게 제물로 바쳤다.

자기 몸에서 난 아들이 아테나이의 왕위에 오르기를 바랐던 메데이아는 첫번째 계략이 수포로 돌아가자 다시 테세우스를 없앨 방안을 마련했다. 마라톤의 황소 잡은 공로를 치하한다며 테세우스를 궁으로 초대해 술잔에 독약을 타서 죽여버리자고 아이게우스를 설득했던 것이다. 테세우스는 순순히 초대에 응했지만 곧바로 자신의 정체를 드러내지는 않았다.

식탁에서 왕이 주는 술잔을 받은 그는 모르는 척 아버지의 칼을 꺼내 그의 눈앞에서 천천히 안주할 고기를 썰었다. 그 순간 왕의 눈빛이

마법사 메데이아.
그리스의 도자기

번쩍 하고 빛났다. 왕은 재빨리 이 낯선 젊은이의 발을 내려다보았고 그제야 그가 누구인지를 알아보았다.

황급히 독약이 든 술잔을 빼앗아 던진 아이게우스는 만인이 보는 자리에서 테세우스가 자신의 아들임을 공식적으로 선포했다. 이들이 부자 상봉의 기쁨을 나누는 동안 계략이 발각된 메데이아는 두 아들을 데리고 급히 궁을 빠져나가 달아나버렸다.

테세우스는 어머니 아이트라에게서 자신의 친아버지가 실은 포세이돈이라는 사실을 들어 알고 있었지만 아이게우스는 이렇게 만난 아들을 죽는 순간까지도 친아들인 줄 알았다.

아이게우스로부터 후계자로 인정받은 테세우스는 사촌들, 즉 아이게우스의 동생인 팔라스의 오십 명이나 되는 아들들과 싸워야 했다. 아이게우스가 자식이 없는 동안 내내 그의 자리를 물려받아 나누어 가질 것을 기대했던 이들은 테세우스로 인해 모든 것이 틀어지자 무력으로 권력을 탈취하려 했다. 한 무리는 스페토스에서 정면 공격하고, 다른 한 무리는 가르게토스에 매복해 기습공격하기로 작전을 세웠으나 레오스라는 전령이 테세우스에게 작전을 누설하는 바람에 테세우스가 먼저 매복해 있던 무리를 덮쳐 모두 죽여버렸다. 그러자 정면 공격을 하려던 무리들도 모두 흩어져 위험했던 전쟁은 끝났고 테세우스는 아테나이에서 자신의 위치를 확고히 굳힐 수 있었다.

미노스의 공물이 되지만

테세우스가 찾아온 아테나이는 그 외에도 정치적으로 매우 불안한 상황이었다. 이전에 아이게우스는 아테나이의 운동 경기에 참가해 우승을 한 미노스 왕의 아들 안드로게우스에게 마라톤 벌판의 미친 황소를 잡아보라고 시킨 일이 있었다. 테세우스가 잡아 아테나 여신에게 제물로 바친 바로 그 황소였다.

안드로게우스는 황소에게 받혀 죽었고, 강력한 군대를 가지고 있던 미노스 왕은 그 일로 전쟁을 일으켜 승리를 거두고는 매년 일곱 명의 청년과 일곱 명의 처녀를 공물로 바칠 것을 요구했다. 크레타 섬의 미궁에 갇혀 있는 괴물 미노타우로스의 먹이로 삼기 위한 것임을 알았지만, 전쟁에 진 아이게우스는 그 요구를 따를 수밖에 없었다.

미노타우로스를 죽이는 테세우스. 기원전 6세기의 도자기 그림

하지만 세번째로 공물을 바칠 때가 되자 아테나이 사람들은 아이게우스를 원망하기 시작했다. 이를 무마하기 위해 테세우스는 자진해서 크레타로 가는 공물에 끼게 된다.

아테나이 왕자이면서도 공물이 되어 크레타 섬으로 떠난 테세우스. 그가 미궁 속의 괴물을 처치하고 함께 간 열세 명의 젊은이들을 데리고 돌아오는 이야기는 테세우스의 인생에서 일어나는 다양한 모험들 가운데서도 단연 정점을 이룬다. 그는 이 모험에서 돌아와 아테나이의 왕위에 오르고 한동안 명군으로서 훌륭한 통치력을 발휘하기 때문이다. 그러나 테세우스의 이야기를 계속하기 전에 잠시 크레타의 전설적인 왕 미노스와 다이달로스의 미궁 이야기를 짚고 넘어갈 필요가 있다.

반쪽짜리 장인
다이달로스의 미궁

미노스 왕의 두 얼굴

여러 가지로 테세우스의 삶에 깊이 연루되는 크레타 섬의 미노스 왕은 올림포스의 주신 제우스가 에우로페에게서 낳은 아들로 크레타의 왕권을 장악하는 과정에서 형제인 사르페돈, 라다만티스와 충돌을 일으키게 된다. 신들이 자신에게 왕권을 맡겼다고 주장하던 미노스는 그 증거를 보이기 위해 만인이 보는 앞에서 해신 포세이돈에게 황소를 한 마리 보내달라고 빌었고, 포세이돈은 이 청을 들어주어 누가 보아도 감탄할 만한 훌륭한 황소 한 마리를 바다 위로 떠오르게 해주었다.

이 증표를 내세워 미노스는 형제들을 제치고 왕위에 오를 수 있었으니, 이 황소가 바로 그리스 신화에 여러 에피소드를 남기는, 유명한 미노스의 황소다. 헤라의 시험에 들어 에우뤼스테우스에게서 받은 열두 과제 중 하나로 영웅 헤라클레스가 힘 겨루기를 했던 것도 이 황소였고, 아테나이 경기에서 우승한 미노스의 막내아들 안드로게우스가 목숨을 잃은 것도 바로 이 황소에 의해서였다. 그리고 마라톤 벌판에서 미쳐 날뛰던 이 황소를 잡아 아테나 여신에게 제물로 바침으로써 미노스의 황소 이야기에 종지부를 찍은 자가 바로 테세우스이다.

미노스는 왕이 된 후에 자신이 받은 황소를 포세이돈에게 다시 제물로 바치겠다고 약속했지만 그 약속을 지키지 않았다. 그런데 참 이상한 것은 왜 제우스의 아들이 제 아버지를 놔두고 해신 포세이돈에게 빌었단 말인가?

신화의 맥락을 읽는 데 이러한 암시는 중요한 역할을 한다. 그리스 신화에서 미노스는 이중의 얼굴로 그려진다. 엄청난 부와 권력을 휘두르던 막강한 왕으로서 두려움의 대상으로 나타나는가 하면, 크레타 사람들을 처음으로 문명화시키고 정의와 자비로 다스렸으며 훌륭한 법을 만들어 집행했기에 죽은 후 저승에서 죽은 사람들의 영혼을 심판하는 판관의 자리를 차지한 것으로 전해지기도 한다. 그런가 하면 수많은 애정행각을 벌인 것으로 그려지고 있으며, 많은 여인들에게서 수많은 자식을 보았다고 한다.

미노타우로스를 죽이는 테세우스. 기원전 5세기의 도자기 그림

의로운 미노스와 욕망에 휘둘리는 미노스. 신화는 미노스의 상충하는 두 얼굴을 함께 보여준다. 광명의 신인 제우

스의 피를 받았기에 의로운 면을 지니고 있지만, 한편 그런 미노스가 인생의 중요한 시점에 그 힘을 빌리고자 했던 신이 포세이돈이었다는 사실은 그후의 행적을 이해하는 데 도움이 된다.

반듯한 영웅들은 자신이 한 약속을 소중히 여기고 그것을 지키기 위해 최선을 다한다. 그런데 약속과 욕심 사이에 갈등이 생기면 어떻게 하는가? 미노스는 욕심을 따랐다. 포세이돈이 보낸 황소로 인하여 왕이 되었으나, 욕심이 생겨 당연히 제물로 바쳐야 할 해신의 황소를 돌려주지 않고 대신 제 외양간에서 가장 실한 황소를 하나 골라 제물로 바치고는 모르는 척 챙겨버렸다. 순화되거나 다스려지지 않은 자연의 힘, 인간의 경우에는 원초적 본능을 대표하는 힘이 바로 포세이돈이다. 그 포세이돈을 제 삶의 중요한 자리에 세웠던 자라면 충분히 가능한 일이었을 것이다.

5

삼지창을 들고 있는 해신 포세이돈. 랑베르 시지스벨 아담의 조각상

포세이돈은 이 배신을 속으로 별렀고, 미노스는 부당하게 챙긴 그 황소로 인해 결국 엄청난 대가를 치르게 된다. 아내의 부정, 괴물인 의붓아들의 탄생, 아들의 죽음, 큰 딸의 배신, 작은 딸의 죽음, 급기야 그 자신의 죽음으로 이어지는 끝없는 몰락의 길을 걷게 된다. 이러한 미노스의 몰락에 포세이돈의 아들 테세우스의 인생이 긴밀하게 얽혀 있다.

솜씨 좋은 다이달로스

배신에 대한 벌은 미노스에게 기막힌 방법으로 찾아왔다. 왕비 파시파에가 바로 그 잘생긴 황소에게 욕정을 일으켜 주체할 수 없는 지경에 이르렀던 것이다. 망측한 욕망에 속을 태우던 왕비는 급기야 왕실의 장인 다이달로스에게 도움을 청했고, 유능한 장인은 그 문제를 간단히 해결해 주었다.

머리 좋고 솜씨 좋아 만들어내지 못할 것이 없는 재주 있는 사람이 그리스 신화에서는 다이달로스라는 이름으로 등장한다. 신화 속 인물들 중에는 어떤 원형적 인간 유형을 짚어 보이는 경우가 많은데, 이 유명한 다이달로스도 그런 사람 중 하나이다. 다이달로스라는 이름은 기억하지 못해도 한 번 들어가면 아무도 빠져나올 수 없다는 미궁은 누구나 알고 있을 것이다. 그 미궁을 만든 이가 다이달로스요, 이 미궁에 얽힌 이야기는 그가 어떤 사람인지를 단적으로 드러내 보여준다.

미궁이 지어지는 크레타 섬으로 가기 전에 다이달로스는 아테나이의 유명한 장인이었다. 도구를 다룬다는 것은 인간의 지능을 나타내는 것이요, 지능이 뛰어나다는 것은 자연을 관찰하고 그 속에 들어 있는 원리를 이해하여 그것을 자신의 목적에 맞게 사용하는 데 능하다는 이야기다. 다이달로스는 그 지능을 사용하는 두 가지 방법 중 한 쪽만 통달한 사람이었다.

다이달로스는 아테나이에서 젊은 나이에 이미 예술가, 건축가, 조각가, 발명가로 유명해져 마음껏 기량을 펼치며 살고 있었다. 당시 그의 곁에는 누이의 아들인 조카 탈로스가 제자 겸 조수로 일을 돕고 있었다. 그런데 이 탈로스가 나이는 어렸지만 사물을 보고 생각하는 품이나 재주가 만만치 않았다. 어린 그가 언젠가는 자신을 능가하는 장인이 되리라는 기대를 받고 있는 것에 질투심을 느끼던 다이달로스는 어느 날 어린 제자가 물고기 등뼈에서 영감을 얻어 톱을 발명하자 그를 아크로폴리스 꼭대기에서 밀어 죽여 버렸다.

파시파에에게 자기가 나무로 깎은 암소를 보여주는 다이달로스. 1세기의 폼페이 벽화

살인은 곧 발각되었고 다이달로스는 아레이오파고스 법정에 소환되어 추방 판결을 받았다. 아테나이에서 쫓겨난 다이달로스는 크레타 섬의 미노스 왕에게로 가서 지내게 된다. 다이달로스의 명성과 재능을 익히 들어 알고 있던 미노스 왕은 그에게 왕가의 노예 나우크라테를 아내로 주고 왕실의 장인으로 살게 했다.

왕비 파시파에는 자신이 황소에게 반한 사연을 털어놓으며 은밀히 도움을 청했다. 다이달로스는 며칠 뚝딱거리더니 나무를 깎아 속이 빈 암소를 만들고, 겉을 암소 가죽으로 씌운 다음 파시파에를 그 속으로 들어가게 해 포세이돈의 황소와 사랑을 나누게 해주었다. 나무로 만든 암소가 얼마나 진짜 같았는지 짐작이 가는 대목이다.

파시파에는 이 일이 있은 후 바로 황소의 자식을 낳았는데, 몸은 사람의 형상을 하고 있었으나 머리가 황소인 괴물이었다. 미노타우로스라고 불리는 이 괴물은 오로지 사람의 고기만 먹었다.

이 모든 일이 자신에게서 비롯된 것임을 알고 있던 미노스는 망신스러운 미노타우로스를 어떻게 숨겨야 할지 고민하다가 유능한 건축가이기도 했던 다이달로스를 불렀다. 한 번 들어가면 누구도 그 출구를 찾을 수 없는 미궁을 지으라고 명한 것이다. 다이달로스는 명을 따라 미궁을 지었고, 미노타우로스는 누구도 볼 수 없도록 그 안 깊은 곳에 갇혔다.

포세이돈은 이번에는 자신이 보낸 황소를 미치게 해 불을 뿜으며 사람과 가축을 해치는 무서운 괴물로 만들어버렸다. 크레타의 골칫거리가 된 황소는 헤라클레스에 의해 에우뤼스테우스에게로 끌려갔다. 에우뤼스테우스는 그것을 헤라 여신에게 바치려 했지만, 여신은 헤라클

다이달로스가 만든 가짜 암소 속으로 들어가는 파시파에. 줄리오 로마노의 그림

레스가 잡아온 선물을 받고 싶지 않아 그냥 풀어주었다.

황소는 아티카로 건너가 이번에는 아테나이 도성 밖 마라톤 들판을 헤매며 사람들에게 막대한 피해를 입혔다. 아이게우스 왕이 아테나이 경기에서 우승한 미노스 왕의 막내아들에게 그 황소를 잡아보라고 했다가 남의 나라 왕자를 죽게 한 것이 바로 그 무렵이었다.

미노스 왕과 공주 아리아드네. 그리스의 도자기 그림

이 일을 기화로 미노스는 전쟁을 일으켜 승리했고, 해마다 아테나이의 젊은 남녀 열네 명을 공물로 바치게 해 미노타우로스의 먹이로 삼았다. 해마다 제비뽑기로 공물이 될 젊은이가 정해지고, 자식을 죽을 곳으로 떠나보내는 부모들의 애간장이 녹던 어지러운 시기였다. 그때 테세우스가 아버지를 찾아 아테나이로 왔고, 마라톤 벌판에서 저 문제의 황소를 잡아죽여 나라의 근심을 덜었던 것이다.

버림받은 아리아드네의 순정

이런 상황에서 스스로 공물이 되기를 자청한 테세우스는 크레타로 건너왔는데, 아예 미궁 속의 괴물을 없애버림으로써 인신공물의 원인을 제거하자는 속셈이 있었을 것이다.

다른 젊은이들과 함께 아테나이에서 온 배를 타고 도착한 테세우스를 보고 미노스 왕의 딸 아리아드네는 첫눈에 사랑에 빠져버렸다. 꿈에도 못 잊을 사랑하는 이를 미궁에서 헤메다 죽게 놔둘 수 없다고 생각한 아리아드네는 고민 끝에 다이달로스를 찾아가게 된다. 어떤 경우든 그라면 해결의 방도를 찾아내리라는 것을 알고 있었기 때문이다. 사정 이야기를 듣더니 다이달로스는 그녀에게 실꾸리 하나를 건네주었다. 테세우스를 돕는 것이 제 아버지를 배신하는 일이라는 생각은 이미 사랑에 눈먼 그녀에게는 별 힘을 발휘하지 못했다.

한편 어려운 상황에서 뜻하지 않게 적국 공주의 도움을 받게 된 테세우스는 괴물을 죽인 뒤 그녀를 아테나이로 데려가 아내로 맞겠다고

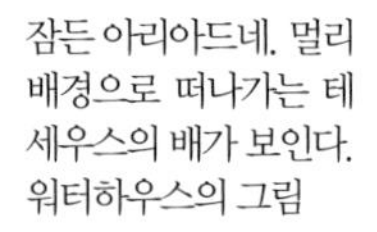

잠든 아리아드네. 멀리 배경으로 떠나가는 테세우스의 배가 보인다. 워터하우스의 그림

선선히 약속했다. 그리고 두툼하게 감긴 실꾸리를 받아들고 아리아드네가 일러준 대로 미궁의 입구에 실 한 끝을 묶고 실꾸리를 풀며 안으로 들어가 미노타우로스를 죽였다. 풀며 들어갔던 실을 다시 감으며 아테나이 젊은이들을 데리고 무사히 미궁을 빠져나온 테세우스는 기다리고 있던 아리아드네를 배에 태우고 감쪽같이 도망가 버렸다.

디오뉘소스와 아리아드네. 반 에버딩엔의 그림

그러면 아버지를 배신하고 적국의 왕자를 따라간 아리아드네가 무사히 아테나이 왕비가 되었을까? 그러나 신화는 이런 공주들의 운명에 호의적이지 않다. 아리아드네는 사랑하는 테세우스에게서 버림을 받는다.

여기에는 여러 가지 설이 있다. 낙소스 섬에서 잠시 쉬었던 테세우스 일행이 나무 그늘 아래서 잠든 아리아드네를 깜박 잊고 떠나 한참을 항해한 후 다시 돌아왔으나 없어졌더라는 설도 있고, 테세우스의 배에 나타난 아테나 여신의 지시에 따라 그녀를 버리고 떠났다는 설도 있으나 어쨌든 아리아드네는 낙소스 섬에 혼자 남겨졌다.

하지만 부모, 형제, 조국, 명예, 의무, 다 저버리고 오직 사랑의 도취에 빠져 애인을 따라나섰던 이 공주를 아내로 삼은 신이 있었으니 바로 도취와 광기의 신 디오뉘소스였다.

다이달로스의 미궁 탈출

모든 상황을 알게 된 미노스 왕은 불같이 화를 내며 일을 그 지경으로 만든 다이달로스를 그 아들 이카로스와 함께 미궁에 가둔 다음 밖을 철통같이 지키게 했다. 제 손으로 지은 미궁이었지만 그 길을 찾아 빠져나온다는 것은 다이달로스로서도 불가능한 일이었다. 또 빠져나오더라도 지키고 있는 병사들을 통과할 방법이 없었다.

그런데 미궁의 반대쪽 끝은 바다를 향해 열려 있는 깎아지른 듯한 벼랑이었기 때문에 훤히 트여 있었다. 미노타우로스가 먹다 남긴 사람고기 때문에 거기에는 육식조들이 날아와 흘리고 간 깃털들이 즐비했다. 다이달로스는 아들을 시켜 그 깃털들을 모아오게 한 다음 미궁의 벽 모서리에서 밀랍을 긁어다가 깃털들을 하나씩 붙여 날개를 만들었다. 두 쌍의 날개가 완성되자 아들의 어깨에 날개를 달아주며 아버지가 말했다.

다이달로스와 이카로스. 찰스 랭동의 그림

"바람의 길을 따라 날아야 한다. 내 뒤를 따라오너라. 너무 높이 오르지도, 너무 낮게 내려가지도 말고 가운데로 날아야 한다. 알겠느냐?"

머리를 끄덕이긴 했어도 어린 아들은 아버지의 충고를 따르지 못했다. 늙은 아비가 온갖 세상일을 겪으며 체득한 중용의 지혜를 인생 경험이 없는 아들이 대뜸 제 것으로 받아들일 수 있다면 시행착오라는

이카로스의 추락. 페터 브뤼겔의 그림

말은 오래 전에 사전에서 사라졌으리라.

생전 처음 날아보는 기쁨을 이기지 못해 이카로스는 앞서 가는 아버지에게서 멀어지며 점점 고도를 높이기 시작했다. 그런데 허공의 탁트인 자유로움에 취해 빛을 향해 까마득히 솟아올랐을 때 날개에서 깃털들이 빠져 흩어지기 시작했다. 깃털을 이어붙인 날개의 밀랍이 태양열을 이기지 못해 녹아버린 것이었다. 이카로스는 바다로 추락했다.

하이테크의 미궁에서 빠져나오려면

다이달로스는 눈물을 흘리며 혼자 시켈리아로 날아갔고 거기서 코칼로스 왕의 궁전에 머물게 된다. 미노스와 다이달로스의 끈질긴 인연은 시켈리아까지 쫓아온 미노스를 다이달로스가 하녀를 시켜 목욕탕에 끓는 물을 부어 삶아죽이는 것으로 끝이 난다.

문제 풀 사람이 다이달로스밖에 없음을 아는 미노스는 현상금을 걸고 아홉 구비를 돌아간 소라고둥에 실을 꿸 사람을 찾았다. 그런데 코칼로스 왕이 소라고둥의 한쪽 끝에 꿀을 바르고 허리에 실을 맨 개미를 다른 쪽에서 들여보내 실을 꿰어내는 것을 보고는 시켈리아 섬으로 다이달로스를 잡으러 왔던 것이다.

이 이야기는 제우스의 아들로 부와 권력과 에게해 전역의 패권을 장악했던 잘난 미노스의 삶을 이토록 처참하게 몰고 간 것이 무엇인지를 다시 한 번 생각해 보게 만든다. 자신이 왕의 재목임을 알리는 징표로 받은 훌륭한 황소를 그가 부당하게 챙기지 않았더라면 미노스의 인생은 아마도 다른 식으로 전개되지 않았을까?

그렇게 보면 미노스가 받은 그 황소는 어쩌면 미노스 자신의 모습을 비추어 보이고 있는지도 모른다. 미노스는 왕으로서 훌륭한 자질을 타고났지만 사사로운 욕심에 눈이 멀어 신과의 약속을 어겼고, 그 순간 이미 폭군의 길로 들어선 것이나 다름없기 때문이다. 또한 수치스러워 미궁 깊은 곳에 감추어야 했던 미노타우로스야말로 그 스스로 누구에게도 보이고 싶지 않은 내면의 그림자는 아니었을까?

이카로스의 죽음을 슬퍼하는 요정들. 허버트 제임스 드레이퍼의 그림

왕임을 증명하는 황소가 그 주인의 마음이 변하자 미친 황소로 돌변해 괴물이 되었다는 이야기는 비유로 읽을 때에도 충분히 공감이 가는 대목이다. 미노타우로스를 몹시 수치스러워하며 미궁에 가두는 미노스와 또 한편으로는 아테나이의 인신공물을 받아 그 괴물을 먹여살리는 미노스의 상반된 태도는 신화 속에서 공정한 판관과 두려운 존재로 갈리는 그의 이중적인 모습을 단적으로 보여주고 있다.

미노스 왕가에 얽힌 다이달로스의 행적을 보면 천재적인 머리와, 손은 쓸 줄 알되 마음은 제대로 쓸 줄 모르는 위험한 인간 유형의 이야기임을 알 수 있다. 자연의 이치를 꿰뚫어 누구도 생각지 못하는 것들을 만들어내지만, 문제는 그것이 과연 누구에게 어떤 유익함을 주는가는 생각하지 않기 때문이다.

이 반쪽짜리 장인에게서는 해야 할 일과 하지 말아야 할 일을 구분하지 못하는, 지능만 높은 인간의 맹점이 적나라하게 드러나고 있다. 그의 행동들을 보며 모름지기 두뇌를 쓸 때는 먼저 그 목표가 제대로 된 것인지를 살펴야 한다는 생각이 든다면, 하이테크 시대를 살아가는 우리도 스스로 만든 미궁에 갇히는 오류를 많은 부분 피해갈 수 있을지도 모른다.

몰락한
신의 아들

영웅은 영웅이다

영웅 테세우스의 삶은 우리에게 상당히 다중적이고 복잡한 모습을 드러낸다. 아티카의 헤라클레스라고도 불렸던 그는 실제로 인생의 중요한 고비에서 훗날 신의 반열에 오른 헤라클레스와 여러 번 마주친다. 그러나 헤라클레스가 영웅으로서의 과업을 마친 후 올륌포스의 신들과 어깨를 나란히 할 수 있는 경지에 올랐다면 테세우스의 일생은 인간의 한계를 뛰어넘지 못했다. 그렇다면 이 두 영웅의 차이를 만든 것은 과연 무엇일까?

테세우스에게 헤라클레스의 모험과 영광은 어릴 때부터 닮고 싶고 뛰어넘고 싶은 모범이었다. 테세우스보다 한 세대쯤 위였던 헤라클레스가 한번은 외할아버지 피테우스 왕의 손님으로 왔다가 늘 걸치고 다니던 사자 가죽을 벗어 옆에 놓았다. 모두들 기겁을 하며 물러나는데, 그때 겨우 일곱살이던 테세우스가 진짜 사자인 줄 알고 몽둥이를 들고 덤벼드는 모습을 본 헤라클레스는 그가 영웅이 될 만한 재목임을 알아보았다고 한다.

열여섯살이 되어 아테나이로 아이게우스 왕을 찾아 떠나게 되었을 때 외할아버지와 어머니는 그가 친아버지 포세이돈의 보호를 받을 수 있는 바닷길로 가기를 바랐지만 테세우스는 굳이 옛날 헤라클레스가 지나간 험한 육로를 고집했다. 자신의 능력을 보여주고 싶었기 때문이다. 그리고 그가 마라톤 벌판에서 잡아 아테나 여신에게 제물로 바친 미노스의 황소가 예전에 헤라클레스가 크레타 섬에서 잡아 에우뤼스테우스에게 끌어다 주었던 바로 그 황소였다는 점 또한 우연은 아닐 것이다.

테세우스가 영웅이 될 재목임을 일찌감치 알아본 헤라클레스. 기원전 4세기의 조각상

테세우스가 힘과 용기와 지략에서 그 누구에게도 뒤지지 않는다는 점은 그의 이후의 행적에서 뚜렷이 드러난다. 아이게우스가 미노스와의 전쟁에서 진 후 매년 열네 명의 젊은이를 크레타에 공물로 바치는 일이 계속되자 내부에서는 아이게우스를 원망하는 목소리가 높아졌고, 스스로 공물이 되겠다고 자원한 그는 아리아드네의 도움으로 미노타우로스를 죽인 뒤 열세 명의 젊은이들을 데리고 무사히 미궁을 빠져나왔다. 그런 다음 크레타의 배들 밑에 모조리 구멍을 낸 뒤 유유히 아테나이를 향해 떠

났다. 괴수의 먹이가 되는 길인 줄을 뻔히 알면서 공물이 되기를 자처하는 용기, 여섯 악당을 비롯해 미노스의 황소와 미노타우로스를 때려죽이는 무적의 힘, 적의 배에 구멍을 뚫어 추격을 차단하는 용의주도함까지 테세우스는 잘난 남자의 여러 요소를 고루 갖춘 영웅이었다.

검은 돛의 비극

크레타에 도착한 테세우스를 맞이하며 미노스 왕이 벌이는 기 싸움 또한 유명한 일화 중 하나이다. 테세우스의 훤칠하게 잘난 모습을 본 미노스가 "어쩌다 아이게우스의 아들이 크레타의 공물 신세가 되었느냐"고 이죽거리자 테세우스도 지지 않고 "어쩌다 크레타는 대대로 황소 때문에 곤욕을 치르게 되었느냐"고 약을 올렸다. 제우스가 황소로 변해 에우로페를 납치하여 미노스를 낳은 일, 미노스의 왕비 파시파에가 포세이돈이 보내준 황소와 사랑에 빠져 괴물 미노타우로스를 낳은 일을 싸잡아 꼬집고, 그 미노스의 황소를 자기가 때려잡았다는 사실 또한 과시하려는 의도였다.

미노스는 하늘을 향해 두 팔을 벌리고 자신이 제우스의 아들이라는 것을 마른하늘에 벼락을 치는 것으로 증명해 보여달라고 제우스에게 빌었다. 그러자 멀쩡하던 하늘에서 갑자기 번개가 번쩍거렸다. 테세우스도 질세라 자신이 포세이돈의 아들임을 주장하자 미노스는 끼고 있던 반지를 빼어 바닷물 속으로 던졌다. 정말 포세이돈의 아들이라면 그 반지를 찾아오라는 것이었다. 바다 속으로 뛰어든 테세우스는 오래

테세우스의 크레타 원정을 그린 그림. 오른쪽에 미로와 가운데 미노타우로스가 있고 미로 밖에는 아리아드네와 훗날 그의 두 번째 아내가 되는 파이드라가 나란히 그려져 있다. 카소니 캄파나의 장인 그림

지 않아 반지를 손에 들고 나타남으로써 사람들을 놀라게 했다. 이렇게 잘난 테세우스에게 아리아드네가 마음을 빼앗기지 않는다면 그것이 오히려 이상한 일일 것이다.

크레타로 떠나기 전 테세우스는 아이게우스에게 약속한 것이 있었다. 돌아올 때 만약 실패했을 경우에는 떠날 때 달았던 슬픔의 검은 돛을 그대로 달되, 승리해 살아 돌아오는 경우에는 멀리서도 알 수 있도록 흰 돛을 올려달라는 것이었다.

늙어서 몸도 마음도 약해져 이제 아들에게 모든 것을 걸고 그의 귀향을 애타게 기다리던 왕은 멀리 모습을 나타낸 테세우스의 배에 검은 돛이 달린 것을 보고는 아들이 죽은 줄 알고 절망하며 바다에 뛰어들어 죽고 말았다. 그러나 그것은 단지 테세우스가 돛을 바꾸어 다는 것을 잊었기 때문이었다.

왕위에 오른 테세우스는 명군으로서 훌륭한 정치를 펼쳤다. 아테나이를 강성한 도시국가로 만들고, 아티카의 정치적 통일을 상징하는 판아테나이아 축제를 주도했으며, 화폐를 주조하고, 민주주의의 기본 골격을 다졌다. 그리고 헤라클레스가 제우스를 기리는 올림피아 경기를 창설했듯, 코린토스에 포세이돈을 기리는 이스트미아 경기를 창설했다. 테바이 원정이 그의 치세에 이루어졌고, 비참한 신세가 되어 속죄를 위해 그리스 전역을 떠돌던 오이디푸스가 마지막으로 콜로노스를 찾아왔을 때 쉴 수 있는 은신처를 제공하고 따뜻하게 보호해 준 것도 그였다.

의붓아들을 사랑한 계모 파이드라

테세우스는 흑해 연안의 여전사들인 아마존 족을 정벌하러 나선 적이 있었다. 그 원정에서 테세우스는 아마존의 여왕 히폴뤼테(혹은 그녀의 동생 안티오페라고도 한다)를 잡아 아내로 맞이했다. 일설에는 히폴뤼테가 테세우스를 사랑하게 되어 자진해서 따라나섰다고도 하고, 다른 버전에 의하면 아마존의 수장으로 히폴뤼테가 그에게 선물을 전하러 왔을 때 그녀를 배 위로 초대한 후 그냥 배를 출발시켜 납치해 버렸다고도 한다.

성난 아마존 전사들은 뒤를 추격해 와 아테나이를 공격했고, 아티카를 점령했으며, 도시 한가운데에 진을 쳤다. 아마존들은 처음에는 잠시 이기는 듯했지만 결국 테세우스에게 격파당해 화친을 맺고 물러가지 않을 수 없었다.

히폴뤼테는 테세우스와 결혼해 아들 히폴뤼토스를 낳아주었으나 오래지 않아 죽고 말았다. 그런데 신화는 여기에서 다시 여러 버전으로 갈린다. 혹자는 테세우스가 히폴뤼테에게 끝까지 충실했다고도 하고, 다른 이는 테세우스가 마음이 변해 미노스의 아들 데우칼리온을 치고 그 누이 파이드라를 데려다 아내로 삼으려 했기 때문에 히폴뤼테가 복수하려고 아마존 족을 불러 전쟁을 일으켰다고도 한다. 테세우스와 새로 결혼한 파이드라는 그 옛날 낙소스 섬에 버려진 아리아드네의 여동생이었다. 파이드라는 테세우스에게 두 아들 아카마스와 데모폰을 낳아주었다.

아테나이로 쳐들어온 아마존 족을 맞아 싸우는 테세우스. 다리 위 왼쪽에 백마를 타고 붉은 깃털 장식의 투구를 쓴 사람이 테세우스이다. 테세우스의 말 바로 앞에 붉은색 웃옷을 입은 여전사가 히폴뤼테이다. 루벤스의 그림

파이드라와 히폴뤼토스. 피에르 나르시스 게랭의 그림

그렇게 얼마간 시간이 흘렀을 때 삼촌인 팔라스가 아들들을 데리고 왕좌를 차지하기 위해 반란을 일으켰다. 테세우스는 삼촌과 그 가족들 모두를 죽여버렸는데, 이 친족 살해로 인해 일 년 동안 아테나이에서 추방당하게 되었다. 그래서 외할아버지 피테우스 왕에게서 물려받아 이제 그의 나라가 되어 있던 트로이젠으로 온 가족을 데리고 갔는데, 그곳은 피테우스의 손에서 자라난 히폴뤼토스가 다스리고 있었다.

히폴뤼토스는 아마존이었던 어머니의 피를 받아서였는지 사냥과 운동으로 자신을 단련하는 데 열심일 뿐 여자나 결혼에는 별로 관심이 없는 청년이었다. 아르테미스 여신을 지성으로 섬기는 한편 아프로디테의 애욕은 경멸했는데, 이 멸시로 인해 애욕의 여신의 잔인한 보복을 받게 된다. 아프로디테는 남편을 따라 트로이젠으로 온 파이드라로 하여금 의붓아들 히폴뤼토스에게 걷잡을 수 없는 애욕을 품게 만들었다.

파이드라와 테세우스, 아리아드네. B. G 르 좬의 그림

옳지 않은 사랑에 가슴을 태우던 계모가 급기야 의붓아들을 유혹하는 사태가 벌어졌고, 부끄러운 사랑이 냉정하게 거절당하자 분노에 찬 계모는 죄 없는 의붓아들을 모함했다. 스스로 옷을 갈기갈기 찢은 후 히폴뤼토스가 자신을 겁탈했다는 유서를 남기고 자살해 버린 것이다.

테세우스의 눈먼 판단과 선택은 그의 인생을 내리막길로 몰아갔다. 파이드라의 말만 믿고 히폴뤼토스를 저주하던 그는 마침내 포세이돈에게 아들을 죽여달라고 빌었다. 마차를 몰고 바닷가를 달리던 죄 없는 청년은, 갑자기 괴물처럼 덤벼드는 파도에 놀라 미친 듯이 날뛰는 말들 때문에 마차에서 떨어져 죽고 만다.

인생의 복잡한 진실

그렇게 파이드라를 잃고 적적하게 지내던 테세우스에게 어느 날 옛 친구 페이리토스가 역시 홀아비 신세가 되어 찾아왔다. 페이리토스는 자기네들에게 걸맞은 새로운 신붓감을 찾아 떠나자고 제안했다. 그런데 그 걸맞은 신붓감이라는 게 놀랍게도 제우스의 딸들이었으니 바로 트로이전쟁의 원인이 되었던 절세 미녀 헬레나와 이미 저승왕 하데스의 왕비가 되어 있던 페르세포네였다.

누구도 선뜻 나서지 못할 이 모험에 테세우스는 우정을 핑계로 서슴없이 따라나섰다. 우선 스파르타로 건너간 두 사람은 아르테미스 신전에서 춤을 추고 있던 열두살짜리 헬레나를 납치했다. 결혼을 하기에는 그녀가 아직 너무 어렸으므로 일단 테세우스의 어머니 아이트라에게 맡겨놓고 이번에는 페르세포네를 찾으러 저승으로 내려갔다.

저승을 찾아온 두 사람에게서 자기 아내 페르세포네를 데리러 왔다는 말을 듣자 하데스는 허허 웃으며 먼 길을 왔으니 우선 좀 앉으라고 자리를 권했다. 그러나 그들이 아무것도 모르고 앉은 의자는 이승의 기억을 모두 지워버리는 망각의 의자였다. 누구도 제 힘으로는 거기서 풀려날 수 없는 마법의 의자에 묶인 것이었다.

한편 헬레나의 쌍둥이 오빠 카스토르와 폴뤼데우케스는 그 사이 누이를 찾으러 아테나이로 쳐들어왔고, 비어 있던 왕좌에 왕족 중 한 사람인 메네스테우스를 앉혔다. 그러고는 동생을 데려가면서 테세우스의 어머니 아이트라까지 포로로 끌고가 버렸다.

저승의 개 케르베로스를 에우뤼스테우스에게 데려간 헤라클레스. 고대 그리스의 도자기 그림

몇 년인지도 모를 세월을 저승에 붙잡혀 있던 테세우스는 저승을 지키는 개 케르베로스를 잡으러 왔던 헤라클레스의 눈에 띄어 그가 신적인 힘으로 잡아끌어준 덕분에 마법의 의자에서 풀려날 수 있었다. 그러나 어렵게 이승으로 돌아오긴 했

미노타우로스를 죽이고 미궁을 빠져나온 테세우스. 폼페이의 벽화

어도 그 사이 아테나이의 형편은 그에게 너무도 불리해져 있었다. 파이드라에게서 난 두 아들을 정적들의 손을 피해 간신히 에우보이아로 피신시킨 테세우스는 울분을 삼키며 자신도 스퀴로스로 망명했다. 그러나 스퀴로스 왕 뤼코메데스는 겉으로는 환영하는 척했지만 테세우스에게서 위협을 느끼고 있었다. 그는 섬을 구경시켜 주겠다면서 테세우스를 절벽으로 유인해 바다로 밀어 던져버렸다. 영웅의 몰락이었다.

늘 그렇듯이 신화는 결코 친절한 설명을 하는 법이 없지만 인생의 복잡한 진실을 수수께끼처럼 함축시켜 보여준다. 모험에서, 정치에서, 여인의 사랑을 얻는 일에서, 심지어는 납치와 저승의 문턱을 넘는 일까지 해내지 못할 일이 없던 테세우스의 영웅적인 삶이 문자 그대로 어느 날 절벽 끝에서 곤두박질치게 된 이유가 무엇일까를 우리는 곰곰이 생각해 볼 필요가 있다.

이 신화를 읽다가 혹시 주변의 참으로 잘난 누군가에게서 테세우스와 비슷한 행태를 발견하고 깜짝 놀라지는 않는지? 파이드라가 히폴뤼토스에게 격정을 느낄 만큼 젊었다면 테세우스는 나이 차이가 무척 많이 나는 재혼을 했었다는 이야기다. 파이드라와 히폴뤼토스가 죽고 나서도 그는 열두살짜리 헬레나를 아내로 삼겠다고 납치해 오지 않았던가. 제우스의 딸을 두려움 없이 납치할 정도라면 그의 인생은 이제 어느 쪽에서 벼락을 맞을지 모르는 한계점을 향해 치달아갔다고 보아야 한다. 테세우스 신화는, 영웅을 무너뜨리는 힘은 밖에서 오는 것이 아니라 바로 그 영웅의 내면에서 오는 것이라고 말하고 있다.

테세우스 신화의 곳곳에, 특히 사랑에 관한 부분에 그토록 상반되는 버전들이 공존하는 이유는 아티카의 영웅 테세우스의 업적을 사랑하는 사람들과 그 잘난 영웅의 모습에 겹쳐진 무모한 대담함과 뻔뻔함을 본 사람들의 시선이 엇갈리고 있기 때문은 아닐까. 휘브리스(오만)라고 불리는 저 대담함과 뻔뻔함 말이다.

참고문헌

냔시 헤더웨이, 『세계 신화 사전』, 신현승 옮김, 세종서적, 2004

미르치아 엘리아데, 『세계종교사상사 1』, 이용주 옮김, 이학사, 2005

아서 코트렐, 『세계 신화 사전』, 도서출판 까치 편집부 옮김, 까치, 1996

아폴로도로스, 『원전으로 읽는 그리스 신화』, 천병희 옮김, 숲, 2004

오비디우스, 『변신이야기』, 천병희 옮김, 숲, 2005

유재원, 『그리스 신화의 세계』, 현대문학, 1998

이영임, 『신화와 대중문화』(멀티미디어 CD와 인터넷 www. edustream.co.kr).
아카넷TV 지식강좌 라이브러리 15. 아카넷TV, 2002

이윤기, 『뮈토스』, 고려원, 1999

조셉 캠벨 · 빌 모이어스, 『신화의 힘』, 이윤기 옮김, 고려원, 1992

진 쿠퍼, 『세계 문화 상징 사전』, 이윤기 옮김, 까치, 1996

카를 케레니, 『그리스 신화 1 — 신들의 시대』, 장영란 · 강훈 옮김, 궁리, 2002

토머스 불핀치, 『그리스 로마 신화』, 최혁순 옮김, 범우사, 2000

피에르 그리말, 『그리스 로마 신화사전』, 최애리 책임번역, 열린책들, 2003

호메로스, 『일리아스』, 유영 옮김, 범우사, 2002

호메로스, 『오디세이아』, 유영 옮김, 범우사, 1997

Antike Mythen und ihre Rezeption. *Ein Lexikon.* Lutz Walther (Hg.) Reclam, Leipzig, 2003

Bloomfield, Morton W.(ed.), *Allegory, Myth, and Symbol.* Harvard University Press, Cambridge MA, 1981

Campbell, Joseph, *The Hero with a Thousand Faces.* Princeton University Press, Princeton, NJ, 1968

Faivre, Antoine, *The Eternal Hermes, From Greek to Alchemical Magus.* Phanes Press, Grand Rapids, MI, 1995

Homer, *The Iliad.* Robert Fagles(transl.), Penguin Books, NY, 1990

______, *The Odyssey.* E. V. Rieue(transl.), Penguin Books, NY, 1991

Ranke-Graves, Robert, *Griechische Mythologie.* Quelle und Deutung. (Rowohlts Enzyklopädie), Reinbek, 2003

Kerényi, Karl, *Die Mythologie der Griechen.* Dtv, München, 2004

Rose, Herbert J., *Griechische Mythologie.* Ein Handbuch. Beck, München, 2003

Schwab, Gustav, *Die schönsten Sagen des klassischen Altertums.* Dtv, München,2005

Tripp, Edward, *Reclams Lexikon der antiken Mythologie.* Reclam, Stuttgart, 2001

Lexikon der antiken Mythen und Gestalten. Dtv, 1985

Mythos Odysseus. Bernhard Zimmermann(Hg.) Reclam, Leipzig, 1995

Mythos Prometheus. Wolfgang Storch u. Burghard Damerau(Hg.) Reclam, Leipzig, 2004

찾아보기